W0462633

Antonio Cornacchione

Sia lodato Silvio

Chi si loda s'imbroda

Da *Povero Silvio*
di Antonio Cornacchione e Marco Posani

Rizzoli

Proprietà letteraria riservata
© 2006 RCS Libri S.p.A., Milano

ISBN 88-17-01383-8

Prima edizione: novembre 2006

Le fotografie sono riprodotte per gentile concessione degli autori.

Fotocomposizione: Studio Editoriale Littera, Rescaldina (MI)

Sia lodato Silvio

Introduzione

Quello che state per leggere è il testo di *Povero Silvio*, che non è un semplice spettacolo ma piuttosto un atto di abnegazione verso Silvio.

Lui si è sacrificato per noi e io mi sono sacrificato per lui.

Molti mi chiedono da dove venga tutto questo amore per colui che è in attesa di ridiventare presidente del Consiglio. Semplice!

È tutto merito della mia formazione cattolica. Ricordo don Giulio che accarezzandomi i capelli mi diceva:

"Antonio, promettimi di aiutare i deboli, gli umiliati, gli oppressi, coloro che non hanno voce e mezzi per difendersi dall'arroganza e dalla prepotenza dei più forti".

Quindi crescendo mi sono messo alla ricerca di un umiliato da difendere.

Quando Silvio è sceso in campo mi sono detto: eccolo, è lui!

Ma certo! Chi se non Silvio è quel poveretto perseguitato dalla magistratura, dai poteri forti e dai comunisti che non ha alcuna possibilità economica di difendersi né possiede mezzi di comunicazione in grado di diffondere in tutto il Paese una voce di verità... la sua!

Da questa certezza è nata la voglia di fare qualcosa di concreto per questo nostro fratello che ha tanto bisogno, non solo di una parola di conforto capace di alleviare il suo dolore, ma soprattutto di volontari missionari in grado di aiutarlo nella sua lotta del bene contro l'impero del male.

Io mi sono messo a disposizione disinteressatamente (i proventi di questo dvd vanno a Silvio). Il mio compito è stato quello di incontrare migliaia di compagni che sbagliano in centinaia di violenti dibattiti. Ma l'evento ha assolto la funzione per cui è stato creato: molti sono stati i convertiti che hanno ascoltato attraverso di me la parola di Silvio e che hanno abbandonato l'immondo gnocco fritto servito alla Festa dell'Unità per gustare le mele del paradiso di Silvio. Beati quelli che lasciano i fritti per i frutti di Silvio.

P.S.: Il Paradiso di Silvio si trova tra Via Palmanova e la fermata del metrò Cascina Gobba... praticamente a Cologno Monzese.

Questo dibattito è stato replicato centinaia di volte e visto da una infinità di persone che, nonostante l'iniziale diffidenza, non hanno potuto fare a meno di applaudire.

Grazie a tutti, ai pochi che hanno fischiato e ai molti che hanno applaudito.

Riporto qui di seguito una serie di dichiarazioni spontanee fatte da personaggi importanti intervenuti alle serate e registrate alla fine dello spettacolo:

On. Bondi: Cornacchione vuole prendere il mio posto all'interno di Forza Italia e sostituirmi nel rapporto politico che ho con Berlusconi. Illuso. Io sono il suo consigliere politico preferito e poi... L'arrosto con le patate come lo faccio io non lo fa nessuno!

Mia moglie: Perdonatelo. Silvio lo fa per noi ma lui lo fa per la sua famiglia.

George Bush: Devo dire la verità. Non ho capito molto bene. Mi sembra che si parlasse di un certo Silvio Berlusconi... ma chi è questo Silvio? Aspetta un momento... forse è quel piccoletto italiano che ogni tanto mi faceva visita e mi faceva ridere con il suo accento terribile. Ora mi ricordo, certo. Tutti dicevano che mi somigliava: tutti e due non parliamo l'inglese.

L'ho invitato a qualche discorso del caminetto. Lui doveva portare la legna.

On. Fassino: La solita tiritera anticomunista. Ascoltare questi argomenti è come fare la corte a Rosy Bindi. Tempo sprecato!!

Borghezio: Bellissimo e interessante. Ho chiesto il bis con i rutti.

Don Baget Bozzo: ci dispiace ma non abbiamo potuto trascrivere la dichiarazione di don Baget in quanto incomprensibile. Mandando il nastro al contrario viene fuori un messaggio inquietante: "Il Padreterno ha visto Silvio e gli ha detto: Cresci e moltiplicati. Poi ha visto Cossutta e gli ha detto: Cresci poco e dividiti".

Taormina: Indifendibile. Le battute migliori gliele avrà scritte il vicino di casa!

Il vicino di casa: Io non c'entro. Appena posso trasloco.

Silvio Berlusconi 1: Esilarante, ma diamo a Silvio quello che è di Silvio... il merito è mio. Sono io l'autore di tutti i testi!

Silvio Berlusconi 2: Mi avete frainteso. Smentisco. Stampa comunista!

Chi dice che Silvio non mantiene le promesse? Non è vero. Ditemi cosa volete e i vostri desideri saranno esauditi.

Volete un parcheggio?

Volete una nuova strada?

Una nuova rotatoria al posto del semaforo?

Volete che tutte le sere Fede venga a casa vostra a raccontarvi una favola? Be', per questo basta guardare il suo Tg.

Volete un ponte anche voi? Ce lo avete un fiume? Se non ce lo avete ve lo dà Silvio... prima fa il ponte e poi sotto ci fa passare il fiume!

Ve lo fa! Appena finito quello sullo stretto di Messina farà il vostro!

Tanto, cosa volete che ci metta... lo stretto necessario!

La morale di tutto questo è che promessa che vince non si cambia. Nelle prossime campagne elettorali, Silvio prometterà sempre la riduzione delle tasse, e siccome sarà eletto possiamo dire che:

Nel 2006 ci sarà un'aliquota unica.

Nel 2011 nessuno pagherà le tasse.

Nel 2016 sarà lo Stato a pagare le tasse ai cittadini, in proporzione al loro reddito. Silvio è a posto! Con tutto quello che guadagna gli tornano indietro un mucchio di soldi!

Dopo di questo ci sarà la promessa definitiva: Più gnocca per tutti!!

Ma sempre in base al reddito, così i comunisti sono rovinati. Gli portiamo via anche quella che hanno.

Tutti si lamentano con lui perché non riescono ad arrivare alla fine del mese.

Ma anche lui è costretto a fare sacrifici: con quel che guadagna non riesce ad arrivare alla fine del secolo. Gli avvocati costano.

Tira la cinghia, solo che Fede gliela riporta.

Silvio sta cercando di spezzare l'asse del Male: Prodi-Fassino.

Lo fa per la salvezza dell'Italia, non pensa solo a se stesso. Infatti ha già pensato al suo successore, quando lui salirà in cielo alla destra del padre: Roberto Formigoni, esponente di Cl... quel gruppo oltranzista cattolico che tutti gli anni si ritrova a Rimini per il Meeting.

Fin da quando ero ragazzo, un po' per curiosità e un po' per interesse culturale, mi sarebbe piaciuto partecipare a questi loro incontri, ma mi sono sempre trattenuto perché non mi sentivo all'altezza. Pensavo: non sono degno di partecipare ai loro incontri... Per entrare devi essere laureato o aver fatto il liceo, minimo, altrimenti è inutile provare!

Sì, perché davano dei titoli ai loro incontri che uno si spaventava. Due anni fa il titolo del Meeting era: "Il mito di Parsifal nella società moderna".

È inutile, non mi fanno entrare... a me appena mi vedono mi danno un calcio nel sedere.

Ho pensato: Complimenti. Ragazzi di 15 anni che vanno a Rimini in agosto e invece di andare in discoteca o in spiaggia stanno tutto il giorno dentro il Palasport, col caldo che fa, a parlare di Parsifal.

Io, la prima cosa che ho pensato è stata: Ma chi è Parsifal? Per me era un disco dei Pooh.

Roby Facchinetti con lo spadone e la calzamaglia di ferro, per me era lui Parsifal.

Adesso viene fuori che Roby Facchinetti non c'entra nulla.

Ma allora chi è Parsifal? Dodi Battaglia?

Invece il titolo del Meeting dell'anno scorso era: "Il rapporto tra Socrate e il totalitarismo con la crisi della rappresentativa democratica in Occidente dopo il crollo del muro di Berlino e il conseguente crollo delle ideologie per la ricerca libera della somatostatina per la libertà di cura perché noi ci vogliamo curare come ci pare a noi e per la libertà di studio... va' a cagare Fassino".

Il mio complesso di inferiorità è aumentato a dismisura... Complimenti. Accidenti, che intellettuali questi ragazzi cattolici.

Ma poi vedo che al Meeting arriva Pera. Fa un discorso a pera sul meticciato e tutti lo applaudono. Arriva Dell'Utri e si becca gli applausi pure lui. Arriva l'ex presidente del Consiglio Silvio Berlusconi e questi ragazzi lo accolgono in tripudio con i manifesti:

"COMPRACI RONALDINHO! VIVA IL MILAN!".

Ma se questo è il livello, allora ve lo do io il titolo per la prossima edizione: "Una lavata, una asciugata e sembra neanche adoperata".

Mi sembra più consono.

La vostra ideologia è vecchia, ancora con il padrone e gli operai... la schiscetta, la mensa. Prodi ha ancora il duplex.

È la negazione della tecnologia. È antico.

Prodi non sa che oggi si può governare il mondo anche giocando a golf. Come fa Bush: "Pronto, Condi, cosa bombardiamo oggi?".

"Non lo so, ma non ti preoccupare: c'è sempre qualcosa da bombardare!!"

Molti mi rimproverano dicendo che io faccio politica nei miei dibattiti, che faccio un uso improprio dello spazio teatrale. Ma non sono io che faccio politica in teatro... sono loro che fanno i comici in Parlamento.

Vi racconto una cosa realmente successa.

Il governo ha presentato la Finanziaria e c'è stato il dibattito parlamentare. Io l'ho seguito in televisione. Naturalmente questi intelligentoni di sinistra se la sono presa con Tremonti che non è più Ministro. Si alza un deputato della sinistra e guardando Silvio con aria di sfida, senza timor di Dio, dice la famosa battuta: "L'Italia è famosa in tutto il mondo perché è un Paese bagnato da tre mari... e prosciugato da Tremonti!".

Tutti gli onorevoli deputati si sono messi a ridere, tutti tranne Silvio.

Non perché fosse arrabbiato per l'insolenza gratuita, ma perché questo comunista ha raccontato una barzelletta migliore delle sue. Un comico migliore di lui in Parlamento non può esserci, si entra in conflitto. Il capocomico è lui!

Sa un mucchio di barzellette e le racconta benissimo.

Ieri eravamo alla riunione di condominio della Casa delle Libertà. Silvio era al centro. Io ero alla sua destra, e dall'altra parte c'era lo Spirito Santo.

Silvio si alza... o era già in piedi, comunque non c'è differenza... e con la faccia triste, da vero attore, dice: "Ho una brutta notizia da darvi".

Tutti si sono preoccupati: "Come, Silvio che dà una brutta notizia, non è mai successo! Di solito le brutte notizie le dà Prodi".

Anche lo Spirito Santo era preoccupato.

"Abbiamo appena saputo che un parente di Fini (Fini non era presente) è morto in un campo di concentramento."

Tutti si sono messi le mani nei capelli. "Non è possibile! Questo ci danneggerà alle prossime elezioni!"

Anche lo Spirito Santo ha cominciato a svolazzare per la stanza, ha infilato la finestra aperta e si è appoggiato sulla testa di una statua. Guardando bene, abbiamo notato che non era lo Spirito Santo, ma un piccione.

Tutti i politici intanto erano presi dallo sconforto: "Bisogna fare un sondaggio per vedere quanto perdiamo".

"Ma Silvio, chi te lo ha detto?"

"Uno storico."

"Allora è vero!"

"Silvio... ma come è successo?"

"È caduto dalla torretta!!"

Quelli che non l'hanno capita non fanno più parte della Casa delle Libertà.

La sinistra ha avuto dei problemi a trovare uno competente come Tremonti.

Prima di Padoa Schioppa lo hanno chiesto al Gabibbo, ma il Gabibbo ha declinato.

Allora hanno pensato a Moratti. Non il sindaco di Milano, ma il presidente dell'Inter! Almeno lui il bilancio lo pareggia.

Hanno chiesto anche a Silvan. Lui il buco lo fa sparire! Buco di sinistra, buco di centro, dov'è il buco? Non c'è più. Sparito!

Padoa Schioppa è noioso. Tremonti invece è un comico involontario irresistibile. Vi ricordate quando ha dato le dimissioni da Ministro? Fino a un certo punto sembrava un Ministro normale, come tanti altri. Ma prima di andare via non ha resistito. È venuto fuori il comico. Si è tradito. Ha guardato tutti i giornalisti con occhio furbo, si è messo la cartelletta sotto il braccio e ha detto: "Io volevo abbassare le tasse, non me lo hanno fatto fare e vado via".

Che risate... siamo simpatici! Questo ha fatto un buco di bilancio, ha dissestato le casse pubbliche e invece di sistemare tutto se ne torna a casa! Come se voi chiamaste un idraulico, questo vi allaga la casa, e invece di sistemare tutto si mette i ferri sotto il braccio: "Io volevo usare la chiave inglese, non me l'hanno fatto fare e vado via... ciao ciao... Io vado!".

No caro, adesso metti a posto.

Silvio è stato generoso con me, devo dire la verità. Io non riuscivo a mettere insieme il pranzo e la cena, da quando lo difendo mi è cambiata la vita. Non sono il solo. Se qualcuno di voi ha dei problemi economici, si metta a difendere Silvio... qualcosa succede.

Conosco persone che sono pronte a tutto pur di difenderlo. Fede è disposto addirittura a fare il giornalista, che non è il suo mestiere...

Molti mi dicono: "Se Silvio cade, sei rovinato!".

Sì, ma se resta siete rovinati voi! Voi comunisti, intendo. Cosa avete capito? Vi fa neri.

Tanto per dire, i testi me li scrive lui. Gli ho detto: "Senti Silvio, devo fare *Zelig* e non ho i testi".

"Non ti preoccupare, ci penso io. Per lavoro molto spesso mi tocca rilasciare delle dichiarazioni, all'estero, o in Parlamento. Io sparo due o tre cagate e tu le dici a *Zelig*."

Siamo andati alla grande per tre mesi. Poi *Zelig* è finito: "Guarda, Silvio, per me puoi smettere di fare dichiarazioni...".

E invece Lui continua!

Non dovete chiedervi quello che Silvio può fare per voi, ma quello che voi potete fare per Silvio. Tutti i proventi di questo dvd vanno a lui. Perché ha bisogno!

In questo dvd ci sono delle cose private di Silvio, tanto che ho avuto un certo pudore a vederle pubblicate. Si tratta delle confidenze private che Silvio mi ha fatto nei nostri dopocena ad Arcore, davanti al camino. Si parla di tutto, dei grossi problemi internazionali, come dei problemi della satira: "Antonio, non avere paura, di' quello che vuoi... perché per me la satira è il termometro della democrazia".

"Certo, Silvio. Ma dipende da dove te lo mettono questo termometro: ci sono due posti dove prendere la temperatura."

"Capisco, ma non devi temere nulla. Ti difendo io... Come ho fatto ai suoi tempi con Mentana."

"Grazie Silvio, ora sono più tranquillo."

Sappi Silvio che per me la satira deve essere sempre contro il potere, che esso sia di destra o di sinistra. La satira non deve essere contro le persone ma contro le cose che fanno, deve andare oltre le ideologie.

Io personalmente non mi fido di nessuno. Guarda Silvio, per me gratta gratta anche Gandhi ha fatto qualcosa... e se ha fatto qualcosa Gandhi, figuriamoci Previti.

Scusa Silvio, ma so che hai cambiato avvocato. Chi è ultimamente? Taormina.

Ah! Quello che difende Saddam e la Franzoni... Cambia avvocato!

Solo che la mia amicizia con Silvio ha suscitato la gelosia di Fede.

Veniva lì vicino e faceva andare l'aspirapolvere a tutto volume.

E Silvio: "Emilio, se continui così ti sostituisco con una filippina, ma non in casa... al Tg4. Tanto, Mentana l'ho sostituito con Rossella... a te ti sostituisco con Maria di Jesus".

LA FOSSA DEI LEONI

Pietro Lazzarini Photographer (BS)

Tra poco dibattito con l'inviato di Silvio, Antonio Cornacchione sul tema: "CHE DOPO SILVIO? SEI, IO?" Interventi numerosi!

Ore 19.30 Spazio giovani

Dibattito sul tema: "I giovani e l'osteoporosi"

Interverranno il Prof. Luigi Allegri, primario alla clinica universitaria di Padova, Sandra Milo e un esperto di funghi.

Ore 20.30 Spazio anziani

Dibattito sul tema: "Stragi del sabato sera, che fare?"

Interverranno il Prof. Luigi Allegri, Sandra Milo e un esperto di funghi.

Ore 21.30 Spazio salute

Dibattito sul tema: "La prevenzione dell'infarto"

Interverranno il Prof. Luigi Allegri, esperto di valvole cardiache e di uno dei quattro tempi del motore a scoppio, e Sandra Milo. L'esperto di funghi è assente per motivi personali.

Ore 22.30 Spazio consumatori

Dibattito sul tema: "L'aumento dei prezzi"

Interverrà Fedro del *Grande Fratello*

Vi ricordiamo che è aperto il nostro ristorante multietnico: cuoco indiano, aiuto cuoco argentino e cameriere francese.

Le nostre specialità: bagna cauda, pajata e ossobuco alla Tremonti. Senza osso... solo buco.

Tra poco dibattito con l'inviato di Silvio, Antonio Cornacchione, sul tema: "CHI DOPO SILVIO? SILVIO!"
Intervenite numerosi!

Ciao compagni, tutto bene? Vi vedo belli contenti. Ehi, c'è la compagna telecamera, tutto bene? Come state? Un saluto a operai, contadini, lavoratori, artigiani, liberi professionisti, vigili urbani, impiegati del catasto, impiegati a tempo determinato e indeterminato, co.co.co e... basta, non mi viene più in mente nessuno. Come va, tutto bene? Va tutto bene in questo posto, vero o no?

Però dovete ricordarvi che il nostro benessere, la nostra felicità dipende dalle lotte dei nostri padri, che hanno fatto grande questa piccola parte dell'Italia, è vero o no?

Vi vedo mogi... compagni, dovete essere felici! La felicità è un diritto dei proletari.

Non vi vedo convinti però. È così compagni, dovete credermi.

So che anche voi avete i vostri problemi. Tanto traffico e tanto smog vi fanno male.

Sapete di chi è la colpa, compagni? Delle multinazionali! Mmh... vi vedo freddini su questo argomento.

Basta che vendono la benzina e che se ne fregano della nostra salute, basta che vendono la benzina. Ci costringono ad andare tutti quanti in macchina.

Perché tutte le merci vanno sui camion e non usano la ferrovia? Dillo tu compagno!

Scusa compagno... sei compagno? Sì o no? Non sei convinto? Cosa sei, Mastella?

No? Vedi che l'avevo detto. Non sei compagno perché sei ancora giovane, col dente del giudizio diventerai compagno anche tu.

Rispondi a questa semplice domanda, usa il raziocinio.

Allora, il petrolio aumenta e la benzina anche... il petrolio diminuisce ma la benzina no... come mai? Prenditi pure i tuoi tempi. Non esagerare...

«Boh!»

Vedi che non sei compagno? Non lo sai! Te lo dico io: sulla benzina ci mettono le tasse, le accise... e chi le mette le tasse? Prodi! E prima Silvio... sono uguali. Raccontano le stesse barzellette.

Altro che diminuire le tasse, aumentano la benzina e siamo punto a capo. Allora, visto che loro ci vogliono obbligare ad andare tutti in macchina, noi facciamo protesta civile. Andiamo in bicicletta. È un gesto rivoluzionario andare in bicicletta.

Compagna, tu vai in bicicletta?

Sì o no?

E tu compagna?

Sì? È vero o lo dici solo per farmi piacere?

Posso sentire il polpaccio allora?

Non sono venuto qua a fare il maiale, lo dico al fidanzato. È soltanto una constatazione proletaria.

Posso sentire? Ma compagna! Questo non è un polpaccio da ciclista. È già tanto se spingi la carrozzella del bambino, di' la verità!

Compagni, fate come me. Io vado in bicicletta anche a fare benzina. Più di così! Sono andato al parco di Monza per protestare contro il taglio degli alberi e mi sono incatenato a un albero. Mi sono incatenato così strettamente che per liberarmi hanno dovuto abbatterlo. Gli ecologisti non erano contenti.

Non dobbiamo fidarci di nessuno: esercitiamo il controllo democratico, costituiamo le cellule proletarie...

Prende il pop-corn a uno spettatore

Esproprio proletario!

Rivolto a una spettatrice

Scusa, compagna, visto che sorridi e mi guardi con una certa simpatia, posso farti una domanda? Gentilmente, mi fai sedere al tuo posto?

«Sì.»

Compagna, ma tu veramente mi fai sedere al tuo posto? Dovevi dire di no! Quel posto lì è tuo, te lo sei guadagnato col sudore della fronte. Hai pagato il biglietto, sì o no? E allora è un tuo diritto stare seduta. Non cedere i tuoi diritti conquistati al primo che passa, se no i padroni se ne approfittano. Devi essere dura, non essere così timida e accomodante! STAI SEDUTA.

Rivolto a un'altra spettatrice

Compagna, mi fai sedere al tuo posto?

«No.»

Vedete che la propaganda comunista funziona? Se li fai ragionare ti vengono dietro. Vedi che se gli dai gli argomenti la gente ragiona?

Non è vero che ci siamo tutti rincretiniti a guardare la televisione di Silvio. C'è ancora gente che ragiona e che protesta, che sa dire di no. E poi non è vero che stiamo tutti bene, che va tutto bene come dicono i telegiornali di Silvio. Non tutti lavorano in televisione. Ci sono gli operai e i contadini, come una volta, che lavorano e fanno fatica ad arrivare alla fine del mese... e vengono sfruttati. Non lo dico io!

I padroni vogliono la flessibilità, ma a 90 gradi!

Tu, compagno, che lavoro fai?

«Operaio.»

È vero? Non ce n'è neanche uno! È la prima volta che mi succede, non ho mai sentito un operaio.

«Avvocato.»

Di Silvio?

«Panettiere.»

A quanto la metti la ciabatta?

«Artigiano.»

Ti sfrutti da solo?

«Parrucchiere.»

Compagni! Tutti a tagliarsi i capelli da lui! Che indirizzo?

«Commercialista.»

Compagno... lasciamo perdere.

«Lavoro per lo Stato.»

Statalista!

«Disoccupato.»

Ma se Silvio ha dato un milione di posti di lavoro! Dovevi essere l'ultimo della fila.

«Pensionato.»

Hai fatto bene ad andare in pensione, con l'aria che tira. Te l'ha dato l'aumento di pensione il Silvio? In mezzo agli occhi te l'ha dato, bravo.

«Contratto a termine.»

Ah, sei un devoto di San Precario.

«Studente.»

Cioè non fai nulla.

E tu che lavoro fai, compagna?

«Impiegata.»

Ti sfruttano?

«No, non tanto...»

C'è il padrone in sala? Allora fai bene!

Tu che lavoro fai, compagno?

«Contadino.»

Fai vedere le mani. Qui ci sono altri calli, lascia perdere.

Compagna, sai quanto costa un chilo di zucchine? Quattro euro?! No? Due euro? C'è una bella differenza... Mi sembra come il Tg3 e Rete 4! Io credo al Tg3.

Il consiglio di Silvio alla massaia: "Quando andate a far la spesa, confrontate i prezzi. Non fermatevi alla prima bancarella, fate il giro del mercato". Bravo Silvio, così per comprare un chilo di zucchine devo prendere tre giorni di ferie. Ma perché non ci vai tu? Eh chiaro, lui ha la badante...

Facciamo un esproprio proletario... non è rubare, è riprendersi il maltolto...

C'è un bambino?

Bambina, quanti anni hai?

Sei anarchica? Che classe fai? Sei iscritta alla Fgci? Come ti chiami?

«Ester.»

Che bel nome. Quando vai a scuola la mamma dov'è?

«Al lavoro.»

E il papà? Tu sei il papà, sicuro? Che brava. Senti... devi dire la verità che è sempre rivoluzionaria. La mamma te le dà le merendine?

Sì, eh? Te le dà!

Alla mamma

Vergogna! Fanno malissimo. Sei pazza? Ci mettono la farina transgenica. Le multinazionali non lo scrivono nell'etichetta, tu compri e non lo sai! Da grande può diventare Solange. Sei contenta?

Ascolta bambina... quando c'è la supplente cosa fai?

Non fai casino? No?

Alla mamma

Ma cosa le insegni? Deve imparare a contestare l'autorità! Bambina, prendi questo giornale, fai delle palle di carta e distribuiscile agli altri compagni.

Poi le tirate a quello che entra... come a scuola.

Vedete, non sono io che lo dico! Ad esempio, siete venuti qui a vedere la Festa dell'Unità. Sapete che questi sono dei venduti al padrone, sono dei compagni all'olio d'oliva, sono dei venduti a Silvio questi qui. Sapete cosa farà Silvio tra un po'? Comprerà i diritti della Festa e la manderà in onda in diretta il sabato sera. Presenta Gerry Scotti. Siete contenti? Fatevi sentire!

Compagna, tu te la fai la doccia?

Quante volte al giorno?

Troppe!

Non lo sai che fa male? Le multinazionali che fanno i bagnoschiuma ci mettono delle sostanze cancerogene, i tensioattivi bionici: più ti lavi e più fa male. Vai all'altro mondo ma profumi di sandalo! Sei contenta?

Prendi esempio da questo compagno che non si lava mai... senti che odore!

Compagno, hai pagato per partecipare a questo dibattito alla Festa?

Male, non dovevi pagare. Questi si sono venduti. La Festa è diventata come l'Ikea, solo che lì ti danno un mobile da montare e qui senti Fassino e ti smonti tu, ti cadono le balle!

[Voce fuori campo] Tra poco dibattito con l'inviato di Silvio, Antonio Cornacchione, sul tema: "CHI DOPO SILVIO? SILVIO!". Intervenite numerosi!

Cornacchione? Siete impazziti?

Veramente siete venuti a sentire quel leccapiedi di Silvio? Quello è un venduto...

Viene qui per convincerci... Vuole che si faccia il ribaltone di nuovo, a favore di Silvio. Sapete cosa facciamo? Visto che siamo in casa, possiamo farlo: quando arriva qua lo contestiamo.

Lui crede di prendersi gli applausi della claque e noi invece lo contestiamo. Gli facciamo vedere chi siamo, qui alla Festa dell'Unità. Memori delle lezioni democratiche dei nostri padri, lo fischiamo.

Resistere, resistere, resistere!

Rivolto a uno spettatore

Tu, fai un fischio!

Compagno, io mi sono sgolato... Rifai.

Dài che ci riesci. Non sei capace... Qui c'è un compagno da rieducare. Devi mettere le due dita così, la lingua dietro... Prova.

Di più!

Ma tu lo hai fatto il Sessantotto o sei andato a vedere un concerto di Pupo? Questo è un fischio da Pupo. Ti devo prendere per le balle?

Allora, tutti insieme. Forza, fatemi sentire chi è capace. Di più! Bene!

Silvio ci ha dato dei coglioni. Ora possiamo vendicarci: quando entra lo insultiamo. Tra l'altro Cornacchione per un caso fortuito fa rima con un sacco di parolacce. Allora basta fare la rima. Forza, dinne uno tu.

«Coglione!»

«Pirlone!»

«Paciarone!»

«Buffone!»

Giusto.

«Babbione!»

«Ricchione!»

Chi è stato? Sei stato tu, sbarbato? Compagno, sei fuori linea. Noi li rispettiamo gli omosessuali. Vergognati!

Volpone... Minchione... Però, compagni, veniamo un po' fuori dalla fase anale.

«Fascistone!»

Ma lui non si offende.

Buttiglione?

Non è male Buttiglione, non lo aveva mai detto nessuno. Chiudiamo con Buttiglione.

Tu, hai fatto il Sessantotto? Chissà quante pietre hai tirato...

Quei tempi possono tornare, non ti buttare giù, sei ancora un bell'uomo!

Ti nomino capoclasse. Te la senti di fare un atto simbolico?

Mi fido di te. Ti do questa, la Costituzione della Repubblica italiana, nata dalla Resistenza, che loro vogliono riformare. Secondo loro è carta straccia. La vogliono cambiare. Allora, appena Cornacchione entra, tu gliela tiri!

È un atto simbolico, ma se lo colpisci in fronte vedrai che lo capisce di più.

Ti devi alzare e prendere la mira con calma, te la senti? Bravo!

Tu! Gli devi tirare questa cartina dell'Italia, unica e indivisibile.

Loro con la Lega la vogliono dividere... Quando sento parlare un leghista mi aumenta la motilità fecale: la secessione, la devolution, l'inculation...

Tirala di taglio che fa male! Devi fargli malissimo, mi fido di te.

L'ultimo gesto simbolico... come ai tempi dei socialisti. Facciamo un gesto altamente politico: gli tiriamo delle monetine. Perché mi guardate? Non le avete?

Lo sapevo. Morti di fame!

Va bene, ve le do io.

Compagno, questi sono dieci centesimi. Li devi tirare, non tenerteli!

Un euro. Tu che mestiere fai? Commercialista? Voglio fidarmi, lo do a te, ma devi tirarlo!

Tu come ti chiami?

«Erminio.»

Che bel nome. Tieni cinquanta centesimi, li devi tirare, non tenerli in tasca.

«Veramente sono venti.»

Ma sei proprio un comunista, stai sempre lì a controllare tutto!

Mi raccomando, no alla telecrazia, alla videocrazia e all'endoscopia!

Facciamo una prova di contestazione. Lui entra e noi reagiamo tutti insieme. Le parolacce! La Costituzione, la cartina, mi raccomando!

Non fate i timidi. Coraggio, fischiate, fate "buu", tirategli le palle di carta, insultatelo!

Adesso vado a parlarci io con quel venditore di fumo!

CONVERTITEVI!

Mauro Frascatore – AGIV (SP)

Buonasera, buonasera! Grazie, grazie!

Ma... siete impazziti?

Volete la guerra? Vi faccio vedere io!

Buffoni! È questo il modo di accogliere le persone?

Mi avevano detto che la vostra era una città civile. Vergognatevi!

Ma lo sa il sindaco?

Mi spiace per voi, ma ha ragione Silvio. Sotto sotto, siete i soliti comunisti stalinisti di una volta.

Fate tutto quello che vi viene detto. "Eh, mi hanno detto di tirare la roba e l'ho tirata..."

Senza sapere. Perché sei comunista? "Boh... lo sono tutti, per stare in gruppo... è di moda..."

Vi siete fatti fare il lavaggio del cervello da quel comunista che c'era prima. Io sarei un venditore di fumo?

Guarda dietro le quinte

Infatti gliel'ho venduto, e l'ho sistemato!

Raccoglie la Costituzione

Chi è venuto da casa con questo tomo? Cos'è? Chi l'ha tirata?

La Costituzione!

Addirittura un gesto premeditato. Accetto la tua provocazione politica.

Il tuo è un gesto politico, io lo apprezzo. Io non sono al tuo livello, quindi non te la ritiro. Rispondo politicamente al tuo gesto.

Hai fatto bene a buttarla, perché tutti si lamentano tanto, ma la Costituzione in realtà non l'ha mai letta nessuno. Non serve più. È vecchia, lunga, piena di pagine con tanti articoli, noiosa... non c'è una battuta, non si ride mai!

Grazie a noi verrà sostituita con un semplice cartonato di quattro pagine a colori.

Gli articoli saranno solo dodici, come i mesi dell'anno, e a ogni articolo verrà abbinata la fotografia di una velina col culo di fuori. Grazie a Silvio avremo una nuova Costituzione di successo: sarà appesa in tutti gli elettrauto, nelle cabine dei camion.

Un successo! Nessuno c'è riuscito prima.

L'articolo 1 dice che l'Italia è un Paese fondato sul mondo dello spettacolo.

Il 2 dice che l'Italia è un paese che ripudia la guerra, ma fino a un certo punto: siamo buoni e cari, ma se qualcuno ci fa girare le balle... Buoni sì, ma scemi no!

Scritto proprio così, l'articolo 2. Da Borghezio.

E poi basta con questa Resistenza! Sono cinquant'anni che ci sguazzate.

In storia la Resistenza non si studierà più. Si studierà la vita di Silvio... durante l'ora di religione, però!

Lo ha detto anche Silvio, il fascismo era una cosa da nulla, dopotutto non è successo niente. Un regime all'acqua di rose. Il confino era un villaggio vacanze, infatti Pertini è stato liberato da un animatore della Valtur. Alle cinque del pomeriggio, perché prima aveva il corso di vela!

Quindi via, questa l'abbiamo risolta a mio favore.

Raccoglie la cartina

Lei, signora, ha tirato la cartina dell'Italia. Invece lei dovrebbe ringraziare Silvio, che è riuscito a tenere a bada la Lega, questo partito che voleva la secessione, voleva prendere l'Italia, lo stivale, e farlo diventare un mocassino.

La Lega ha espresso uomini competenti e simpatici come Castelli, che passerà alla storia come il primo Ministro di Grazia senza Giustizia. Rimane Ministro di Grazia, però la grazia non l'ha voluta firmare... Rimane solo Ministro, ma non ha fatto un cazzo. Quando Silvio lo ha fatto ministro di Grazia, Castelli pensava che lo avesse nominato direttore di un giornale femminile: Ministro di *Grazia*!

"Ma no, cos'hai capito" gli ha detto.

Adesso c'è Mastella... cos'avete da ridere? Dalla padella alla brace...

Prodi gli ha detto: "Ti abbiamo nominato Guardasigilli".

Lui ha risposto: "Come, tutto il giorno in portineria?"

"Senti, firma e non romper le balle, tanto per quello che servi!"

Mastella ha il fisico di ruolo per fare il portiere. Immaginatelo con il cappello a visiera... Farebbe entrare e uscire chi vuole lui.

Raccoglie le monetine

Avete tirato anche delle monetine.

Commercialista, ha tirato l'euro? Non mi fido...

Ah, ecco qua! Ma questo non è un gesto che mi offende, anzi, mi fa onore.

Non sono soldi tirati contro la mia persona, ma offerte... per Silvio!

Piange

Lui ha bisogno, ha tanto bisogno dei vostri soldi. Ha speso più di un milione di euro per la campagna elettorale. Visti i risultati, se li poteva tenere. Adesso ha mancanza di liquidi. Date qualcosa! Quando fate il 730... date l'un per Silvio!

Siate generosi come lui è stato generoso con voi, non fate i comunisti col braccino corto. Siccome ho visto che pochi hanno dato del loro, passerò io con questo attrezzo a chiedere un'offerta: non libera, obbligatoria.

Prende la canna per le offerte e convince il pubblico a versare altre offerte per la causa, rivolgendosi a vari spettatori

Non c'è da ridere, c'è da mettere mano al portafoglio. E non vi crediate al sicuro, voi seduti in fondo, perché io con questa arrivo ovunque. L'abbiamo fatta allungabile apposta.

Alleluia! Date qualcosa a Silvio. Ora pro Silvio.

Guardi che deve mettere e non prendere!! Non è il gioco dei mimi.

Dài, metti qualcosa baffo. Metti i baffi che facciamo il parrucchino al Silvio, dài.

Che cacchio hai messo dentro tu? La girella di liquirizia? C'hai cinquant'anni e vai in giro con la girella di liquirizia? Vabbe', questa piace anche a me!

Ehi, tu, metti le sigarette, che le diamo a Sirchia: da quando non è più ministro ha ripreso a fumare.

Signora, dia qualcosa anche lei. Con tutto quello che Silvio le ha dato!

Metta la collana d'oro, o gli orecchini, che facciamo fare bella figura alla moglie di Silvio, quando va alla prima della Scala.

Oro a Silvio... oro alla patria... è già successo.

Gli occhiali, ottimo! Perché Silvio sta diventando presbite.

Metta l'orologio, che Silvio non vede l'ora.

Tu, bambino! Metti la merendina transgenica. La diamo a Bondi: il "Bondì Motta"!

Pensionato! Metti l'aumento della pensione che ti ha dato Silvio... o la riduzione delle tasse: tanto sono sempre dieci centesimi...

Avete dato pochissimo. Lo dirò a Lui.

Ma veniamo alla ragione della mia venuta qui tra di voi, nella tana del lupo. Alla vostra Festa dell'Unità!

Sono stato inviato da Silvio con un compito: convertirvi!

Comunisti di tutto il mondo... Pentitevi!!

Questa è l'unica cosa che potete fare. Avete fatto già abbastanza danni, vi impediremo di farne altri.

Sono venuto a portare il verbo di Silvio a voi, miscredenti comunisti.

Silvio non è potuto venire.

Sta contando le schede! Non si vuole convincere, non vuole ammetterlo, è tutto il giorno, è una cosa incredibile. Ne sta facendo una malattia.

La sera per addormentarsi invece delle pecore conta le schede. Poi arriva al voto degli italiani all'estero e si addormenta di colpo.

Due milioni, tre milioni... ma non dorme mai.

Per farlo dormire gli facciamo sentire un discorso di Prodi.

Voi siete cattivi e noi i buoni. Siete vendicativi. Siete sporchi, puzzate.

Secondo voi è un caso che la prima cosa che avete fatto al governo, proprio il giorno dopo le elezioni, sia stata arrestare subito uno dei nostri: Provenzano!

Mi spiego. Provenzano doveva essere l'asso nella manica di Silvio, doveva essere arrestato il giorno prima delle elezioni, così il merito sarebbe andato a Silvio. Purtroppo ci siamo fidati dei carabinieri. Questi sono andati a casa di Provenzano il giorno giusto e hanno citofonato:

"Scusate, c'è Provenzano?"

"No. Tornate domani."

Quelli sono andati il giorno dopo e Prodi si è preso tutto il merito. Mai fidarsi dei carabinieri!

E poi questo Provenzano che razza di boss mafioso è?

Uno si immagina un boss pieno di donne in bikini, sdraiate sul cofano di macchine con dentro il navigatore, la buca delle lettere attaccata alla portiera per i pizzini, champagne a fiumi...

E invece questo abitava nella stalla e mangiava tutti i giorni la ricotta del contadino, cioè viveva come Pecoraro Scanio. Ma ne valeva la pena?

Quando lo hanno preso stava preparando pane e cicoria. Ma chi aveva ospite a cena?

Rutelli?

La cosa da non credere è che l'hanno trovato con diecimila euro nel pannolone. In contanti! Erano in monetine. Per quello l'hanno preso: l'hanno scoperto perché lui andava in giro che sembrava l'estrazione del lotto.

A proposito... parlando di Provenzano mi è venuto in mente Previti.

A Previti hanno dato gli arresti domiciliari... a casa di Provenzano.

Allora lui si è rifiutato: meglio il carcere!

Poi è stato affidato ai servizi sociali. Che cattiveria! Da oggi deve essere utile socialmente. Che beffa per uno che è sempre stato socialmente inutile.

Lo costringono a portare la cena agli ammalati. Praticamente porta la cena a Fassino.

Voi siete convinti di aver vinto le elezioni, vero?

Silvio è caduto la Domenica delle Palme, ma risorgerà a Pasqua! Minimo!

Non fate gli spiritosi e ricordate: al Senato avete solo due voti di vantaggio.

Basta un raffreddore e siete senza maggioranza. E visto chi sono i vostri senatori – Rita Levi Montalcini, Oscar Luigi Scalfaro – più che chiedere la fiducia al Senato, bisogna avere fiducia nella medicina!

Vedrete quanti Senatori passeranno da noi. È già cominciata la campagna acquisti di Silvio. Se vuole, Silvio va dall'Udeur e si compra il campanile con tutti i sacrestani. Lui fa così.

Questo governo dura poco. A Prodi do ancora tre mesi. Purtroppo per l'Italia, in questi tre mesi succederà di tutto.

MISERIA, TERRORE E MORTE!

Mi faccio paura da solo. Ci saranno tre mesi di miseria, terrore e morte e probabilmente uscirà anche l'ultimo disco dei Pooh. Peggio di così...

Volete sapere cosa succederà in Italia? Basta leggere il programma dell'Unione.

Lo avete fatto? No. Altrimenti non li avreste votati.

Ve lo dico io. Questo è quello che ci aspetta: le case di proprietà verranno tutte requisite e messe in palio al calcinculo alla Festa dell'Unità. Gli yacht saranno utilizzati per far venire in Italia orde di immigrati clandestini. Sulla spiaggia gli sarà offerto il cocktail di benvenuto. Tutte le coppie omosessuali potranno sposarsi e le coppie non omosessuali dovranno diventarlo. Per forza. Da Mastella a Mastelloni.

Noi abbiamo fatto una cosa semplice. Grazie alle nostre leggi si può sparare ai ladri. Tutti d'accordo. Tranne Fiorani, Tanzi, Ricucci... Un attimo, ragioniamo!

Siete cattivi!

Sono stato testimone di un episodio. Dei bambini giocavano tra di loro, le loro grida argentine schiamazzavano verso il cielo, era un piacere starli a sentire. A un certo punto è arrivato uno in bicicletta con la canottiera sporca di grasso, è sceso dalla bicicletta e con un coltello gli ha tagliato il pallone a metà. Era Prodi!

Adesso i bambini quando vedono Prodi nascondono il pallone.

Quando vedono Fassino nascondono la merenda.

Quando vedono Silvio invece tendono la pargoletta mano, perché sanno che Lui darà loro delle palle nuove. Silvio ha sempre delle palle nuove da dare a tutti...

È ora che ve lo dica: questi comunisti sono noiosi, tristi, si vede che vengono fuori dalle scuole di partito del Pcus. Non sanno divertirsi e non vogliono che ci divertiamo nemmeno noi. Invece noi di Forza Italia sappiamo divertirci con poco. Avete visto cosa ha organizzato Silvio per divertire i suoi ospiti a villa Certosa il giorno di Ferragosto? Un vulcano! Come avrà fatto? Niente di dispendioso: era Giuliano Ferrara che fumava un sigaro e da lontano sembrava un vulcano.

Il portavoce di Fini... quello sì, che si sa divertire. Salvo non ci è andato tanto per il sottile...

Che ingiustizia, però! Il portavoce di Fini si intrattiene con la Gregoraci. Io che sono il portavoce di Silvio devo intrattenere Tabacci. Che schifo!

L'altra sera eravamo lì ad Arcore, tutti noi di Forza Italia, invitati a cena. Preparata dalla moglie di Silvio in persona: Bondi. Frittata con le cipolle e un bicchiere d'acqua: un pasto molto frugale, francescano.

Si aspettava che fosse pronto in tavola e per ingannare il tempo abbiamo fatto una partita a pallone fra di noi. Ci siamo divisi in due squadre: inquisiti contro incensurati.

Solo che non si riusciva a giocare: erano tutti inquisiti.

Così abbiamo dovuto fare la squadra degli incensurati ma con avviso di garanzia.

Silvio era capitano di tutte e due le squadre. Previti libero, liberissimo.

Insomma, eravamo lì che ci divertivamo, quando è arrivato un giudice comunista: "Alt! Non si può giocare. Il campo è abusivo, non si può palleggiare a 20 km dalla spiaggia, c'è la tassa sui cross...".

Ha preso il pallone a Fede, che giocava in porta, e ha urlato: "Tu vai a giocare sul satellite!".

Non ci siamo più divertiti da quando sono arrivati questi giudici qui.

Queste toghe rosse... Sono tremendi. Fanno turismo sessuale a Cuba. Vanno lì e si divertono alle spalle delle cubane. Mica come Silvio, che resta in Italia e si diverte alle spalle degli italiani.

Ma Silvio non ha paura. Denuncia la piovra rossa. L'anno scorso è andato al Palazzo di giustizia per riferire sullo scandalo Unipol. Ci è andato di sua spontanea volontà, non c'è stato neanche bisogno dell'avviso di garanzia. Incredibile!

È andato lì e non ha detto niente di rilevante dal punto di vista penale.

Cosa ci è andato a fare allora, direte voi?

Una rimpatriata!

Era un po' che gli mancavano le persone, i luoghi...

Nella ventiquattrore aveva:

– tutti i documenti riguardanti lo scandalo e che inchiodano la sinistra alle sue responsabilità;
– un dentifricio e lo spazzolino.

Non si sa mai... una volta che è dentro non lo fanno più uscire.

Silvio è buono e generoso, dà la mancia a tutti. L'altra volta siamo andati al ristorante e ha dato la mancia al cameriere, al posteggiatore, al tassista... L'ultima volta ha dato la mancia anche alla Guardia di Finanza: ha finanziato la guardia! Per dire, è un grande, mica come voi.

Questo è quello che succederà con l'Ulivo, perché voi non vi siete fidati di Silvio e delle sue promesse, e Lui le mantiene le promesse.

Anzi mi ha detto: "Antonio vai lì. Se hanno dei problemi, se hanno delle cose da chiederti, fatti fare un elenco di cose e prometti".

E noi le manteniamo le promesse.

Chi è il sindaco di questo paese? Di che partito è?

Dell'Ulivo...? Ma come, con tutto quello che Silvio ha fatto per il vostro paese?

Mi ha dato ampio mandato: "Antonio, prometti quello che vuoi... tanto promettere, che cacchio te ne frega".

Prima delle elezioni aveva promesso la riduzione dell'Ici e l'abolizione della tassa sui rifiuti. Questa cosa l'ha promessa a Napoli: mica scemo!

Incredibile. E dire che lui le mantiene le promesse. Silvio ha promesso che Enzo Biagi sarebbe andato via dalla Rai, e Biagi è andato via!

Abbiamo ridotto le tasse sì o no?

«No!»

Vi rifaccio la domanda: le abbiamo ridotte le tasse sì o no?

«NOO!»

Sì! Bravi! Le ha ridotte le tasse, e non ha aumentato le sigarette, come dicono i comunisti, no! Ce ne sono sempre venti in ogni pacchetto.

Non gli avete creduto. Siete andati da Prodi. Avete voluto la bicicletta e ora vi tocca anche il ciclista.

E poi Silvio ha fatto delle cose ottime. In cinque anni ha fatto una marea di cose buone. Ha fatto... Ha fatto...

Vabbe', adesso non me ne viene in mente neanche una.

Ah, ecco! Innanzitutto ha fatto il Premierato: più potere al Primo ministro. In questo caso sarebbe stato Silvierato: più potere a Silvio.

Poi ha fatto la riforma elettorale: si sta al governo cinque anni, come è giusto. Silvio governa cinque anni in base al verdetto elettorale, e dopo cinque anni si torna nuovamente alle urne, come democraticamente giusto... E però si vota fino a che Silvio non viene rieletto. A oltranza. Prima o poi lo rieleggono, porco diavolo! Voglio vedere se non lo eleggono!

E poi un'altra cosa importantissima, ha dato lavoro a Micciché. Per farlo lavorare ha creato un ministero apposta: Il Ministero per lo Sviluppo e la coesione territoriale. Pensateci bene. È il contrario del Ministero per le Riforme istituzionali e la devoluzione di Calderoli: uno per la devolution, l'altro per l'unità nazionale. Voi direte: come facevano ad andare d'accordo i due ministri?

Semplice, l'ha inventato Silvio: Micciché disfava di notte quello che Calderoli faceva di giorno, così non cambiava un cazzo. Questa è una grande idea di Silvio: tutto cambi perché nulla debba cambiare.

Noi siamo il partito dell'amore... Silvio è così buono che contraccambia il vostro odio con tanto amore. Poi adesso mi ha dato un messaggio, la parola di Silvio è questa per voi stasera... Pensate a quanto è buono, tutto comprende e tutto perdona. Sapeva che mi avreste trattato in quel modo, eppure ha avuto una parola buona. Mi ha detto di darvi questo messaggio:

> Quando andate a casa, date una carezza ai vostri bambini e dite che l'ha data Silvio.
>
> Silvio è il vero unto del Signore e Bondi è il bisunto della Madonna,

Fassino vuole fare lo sgrassatutto, ma non ci riuscirà.

Silvio questa estate con la bandana sembrava proprio un santo: Sandokan!

E li fa i miracoli Silvio... è andato a Varese da Bossi e gli ha detto: “Alzati e cammina!”. Bossi sta già meglio... ha parlato! Due stronzate, comunque ha parlato.

I leghisti erano preoccupati: “Chissà se quando si sveglia è ancora lui...”.

Poi lo hanno sentito parlare:

“Sì, sì, è proprio lui!”.

IL CONTACOMUNISTI

Pietro Lazzarini Photographer (BS)

Io non andrò via finché c'è un solo comunista in sala. Adesso, siccome io ho questo compito e voglio portarlo avanti fino alla fine, non voglio parole di contestazione. Vi convincerò con la forza delle mie idee.

Siccome devo rendere conto a Silvio e non voglio essere accusato di brogli, queste cose le fate voi comunisti, mi sono portato una macchina che certificherà l'avvenuta conversione. Mi farò aiutare da questo attrezzo meccanico, fornito dal nostro istituto di sondaggio, la Nexus, quella che ha fatto gli exit poll con l'aviaria.

Questo mi aiuterà nel conto delle persone che si convertiranno, se no magari la gente non ci crede.

Questi siete voi, 617 comunisti, e questi sono gli amici di Silvio. Il dibattito di stasera finisce quando tutti i comunisti sono azzerati e passati di qua, nel numero degli amici di Silvio, volontariamente. Perché noi non siamo come i comunisti, che vi convincono a bastonate!

Ho dei validi argomenti per cui voi non potrete fare altro che convertirvi, d'accordo?

Visto che lo ha fatto la Nexus controlliamo la veridicità dei dati. C'è già un errore: un amico di Silvio c'è... che sono io.

La durata del dibattito dipende da voi: se vi convincete subito, andiamo subito a casa, altrimenti stiamo qui tutta la notte. Io non ho fretta.

Come facciamo a capire l'avvenuta conversione?

Semplice. Ogni tanto farò delle verifiche: chiederò ai convertiti di alzarsi in piedi. Chi si alza, si è convertito. È stato fulminato sulla via di Arcore: amico di Silvio! Così tutti possono vedere e non sono possibili contestazioni.

Da ora in poi... Chi si alza è perduto. Adesso, abbiamo aggiornato il dato, un amico di Silvio c'è, però io lo faccio tutte le sere, perché so che ci sono molti amici di Silvio che vengono per confortarmi. Quindi, proprio per aggiornare il dato, per amor di statistica, e anche perché poi ci mettiamo meno, chiedo agli amici di Silvio di alzarsi in piedi.

Amici di Silvio sono tutti quelli della Casa delle Libertà: leghisti, alleati nazionali. Tu sei dell'Udc di Follini e Casini? Allora ti tolgo. Sono venuto anche a testare la tenuta della coalizione.

Alzatevi! Lo so che ci siete e siete anche tanti. Tutte le sere ce ne sono...

Non abbiate paura del comunista che vi siede a fianco. Vi difendo io.

Voi avete ragione e loro torto. Siete come i primi cristiani nelle catacombe: verrà il Regno di Silvio.

Ce n'è uno, bravo!

Bene, tu come ti chiami?

«Luciano.»

Sei anche giovane, sei proprio un amico di Silvio, perfetto per Lui. Potresti essere uno di quelli con la divisa che accolgono i partecipanti ai nostri congressi. Quanti anni hai?

«Venti.»

Sei giovanissimo! Chissà quanti voti potrai dare, nel corso dei decenni, a Silvio. Se campi ancora sessanta anni, avrai almeno venti voti da dare a Silvio. Ti puoi sedere intanto. Sei qui da solo?

Con la ragazza? Bravissimo! Vedi che gli amici di Silvio sanno divertirsi?

Gli amici di Silvio non sono mai sfigati, vengono con la ragazza. Come si chiama?

«Rosy.»

Rosy è amica di Silvio? No?! Come no! Luciano, sei impazzito? Sei fidanzato con una comunista? Lasciala immediatamente! Ha un potere in mano, è lei che ti convince, ha armi di persuasione che io non ho: non te la dà più, sei rovinato! Diventi subito comunista di Rifondazione... Lasciala immediatamente!

Lasciamo stare la fidanzata. Siete qui con amici? Loro due? Siete amici di Silvio? O sì o no... Sì. Va bene, siete tre. Altri amici di Silvio non ne hai? I genitori li hai? Come no! Non qui, chiedo se li hai! Sono amici di Silvio?

No.

Non è possibile. Se fossero comunisti ti avrebbero già mangiato. Non saresti qui stasera. I nonni li hai? Paterni e materni? Tutti amici di Silvio, sì, benissimo. Quindi nonni, genitori, amici, i genitori degli amici: siamo già a cinquantanove, perfetto.

Voi siete amici di Silvio? Siete fidanzati? Da quanti anni?
Regolarizzate immediatamente! I Pacs sono roba da comunisti.

Tu sei da solo? Amici? Donne niente? Culattone comunista! Niente da fare, tu sei dei loro. I veri amici di Silvio sono pieni di donne!

Ora c'è da fare la differenza. Quanto fa? Io sono della scuola Tremonti, non so fare i conti. Invece i comunisti sanno fare i conti benissimo. Sono sempre lì a controllare la busta paga: "Mi hanno portato via dieci centesimi".

Materialisti senza fantasia.

Mette un numero esagerato e il pubblico fischia

Cosa volete? Cosa c'è? Cinquantanove è giusto. C'è il premio di maggioranza, lo scorporo con l'aggiunta dello sbarramento al due per cento, il voto degli italiani all'estero, che cacchio volete? Che poi lì ci ha rovinati Tremaglia. Il voto degli italiani all'estero... Proprio loro ci hanno traditi! Tutta colpa di Tremaglia. Aveva ragione Bossi: mai fidarsi dei calabresi. Sono stati loro! Sono stati loro a fregarci! Lo so chi è stato: gli italiani a Cuba.

Mai fidarsi di Tremaglia, che poi è amicissimo, come si dice, della Mussolini. Alessandra Mussolini, quella che grida sempre come una pazza in televisione, con gli occhi di fuori e le vene sul collo. Che poi, che cazzo urli? Stai calma!

IL NONNO DI ALESSANDRA

Mauro Frascatore – AGIV (SP)

Silvio ha capito che la Mussolini poteva essere un problema per la Casa delle Libertà e le ha dato lo sfratto. Ora lei ha un monolocale delle libertà ai Parioli.

Per fare la pace con Silvio ha fatto un partito nuovo: Forza Nuova. Ci vuole coraggio per fare un partito del genere, "Forza e coraggio Nuova".

La conoscete la Mussolini... quella che urla sempre... con gli occhi fuori, sempre a urlare. Ma che cazzo urli? Io la metterei in tenda con Sgarbi.

Aveva ragione di urlare, perché le hanno cancellato la lista alle regionali del Lazio per via delle firme false. Lo fanno tutti i partiti, ma lei aveva esagerato: ha messo anche quella del nonno.

Lei fa la pazza, fa la popolare, ma lei è ben nata. Pescivendola in televisione, ma in realtà discende da due famiglie importanti e ha ereditato le caratteristiche di entrambe: ha preso la bellezza dalla zia – la Scicolone – e il carattere dal nonno. Ma è venuto fuori un travestito!

Tra Alessandra Mussolini e Vladimir Luxuria, il travestito è Alessandra.

La Mussolini è famosa perché tratta il fascismo come se fosse un affare di famiglia: non si può criticare il fascismo o parlare male di Benito Mussolini che lei si arrabbia. "Ah, non parlate male di mio nonno, perché era mio nonno! Mi voleva bene. Mio nonno, mio nonno."

Ho capito che era tuo nonno, ma non è mica colpa mia se tuo nonno era il Duce. Con questa logica adesso potrebbe venir fuori la suocera di Hitler: "Non parlate male di mio genero, lui è molto buono, mi ha dato una mano a imbiancare in cucina, anzi due mani... la cucina era molto sporca!".

Cosa facciamo, la storia vista dai parenti?

Inutile chiedere agli storici. Basta chiedere ad Alessandra: "Alessandra, ma com'era tuo nonno?"

"Buono."

"Stop, basta. Fine della discussione."

Non c'è altra spiegazione. Io la penso così su Alessandra Mussolini: sono convinto che lei creda che suo nonno e Mussolini siano due persone diverse.

Qualcuno dovrebbe dirglielo! Qualcuno dovrebbe andare lì, prendere il coraggio a due mani e dire:

"Alessandra, guarda, dobbiamo dirti una cosa, è giusto che tu sappia, perché lo sanno tutti tranne te e ti prendono anche per il culo. Ormai sei diventata grande ed è giusto che anche tu sappia. Te ne devi fare una ragione, devi essere forte: tuo nonno e il Duce Mussolini erano la stessa persona!"

"No, non è possibile, mi voleva così bene, mio nonno era così buono! Mio nonno, no!"

"Sì, non fare la pazza come da Costanzo. Qualcuno te lo doveva pur dire: è stato tuo nonno a fare ammazzare Matteotti, è stato tuo nonno a promulgare le leggi razziali, è stato tuo nonno a dichiarare la guerra ai rappresentanti di Francia e Inghilterra. Abbi pazienza, è stato tuo nonno, fattene una ragione!"

"Non è possibile. Mi sento male... Svengo, aiuto! Datemi un bicchiere d'acqua, non ci credo."

"Alessandra, ma va' a cagare, te e tuo nonno."

Quando ci vuole ci vuole, porco diavolo! Non se ne può più!

La grandezza di Silvio consiste nel fatto che riconosce gli errori commessi.

Ha fatto bene a mandare via Alessandra Mussolini dalla Casa delle Libertà, non c'entrava nulla. Ora lei si è messa per conto suo, ha un monolocale della libertà alla Garbatella.

Per me Alessandra Mussolini è insopportabile... urla sempre. Dovrebbe passare un mese in tenda con Sgarbi. Chissà cosa viene fuori.

Da "duce" a "nonno dell'Alessandra"... così ce lo rende più familiare, meno pericoloso. Il nonno dell'Alessandra, cosa volete che abbia fatto quel povero vecchio? Sentite come cambia: "Il duce ha presentato oggi la dichiarazione di guerra agli ambasciatori di Francia e Inghilterra".

Detto così fa ancora paura! Ti immagini il documentario in bianco e nero, il passo dell'oca, il Duce in stivaloni di cuoio che bussa all'ambasciata francese.

Risultato: cinque anni di guerra.

Sentite come cambia togliendo la parola "duce": "Il nonno dell'Alessandra si è alzato presto per fare la guerra con la Francia e l'Inghilterra. È uscito di casa per consegnare la dichiarazione di guerra agli ambasciatori... purtroppo, a metà strada si è pisciato addosso e i vigili lo hanno riportato a casa".

Be', così cambia tutto. La storia non è più la stessa.

Oppure: "Il duce e sua moglie donna Rachele hanno ricevuto oggi, nella splendida cornice di Palazzo Venezia, il Führer. Dopo un'abbondante colazione a base di pesce e vino rosso, i due eminenti statisti hanno preso importanti decisioni in merito all'Asse".

L'altra versione sarebbe: "Il nonno dell'Alessandra con la nonna dell'Alessandra hanno ricevuto oggi, nella loro piccola casetta popolare, un amico tedesco: l'Adolfo, conosciuto a Rimini a una gara di bocce. I tre simpatici vecchietti erano imbarazzati di stomaco, hanno preso del semolino e sono andati a letto. Al risveglio hanno fatto una partita a scopa e, siccome erano in tre, hanno tolto l'Asse!".

Stiamo attenti!!

Quanti ne ho convinti, intanto, con questa piccola cosa? Neanche uno? Vabbe', andiamo avanti.

Ci vuole altro. Ho tanti argomenti.

SILVIO TRIONFA ALL'ESTERO

Massimo Achilli (Orvieto)

Voi sapete che Silvio, fra l'altro, ci fa fare anche bella figura all'estero. Ma poi che figure facciamo all'estero? Con 'sto Prodi c'è da vergognarsi.

Quando Lui era anche Ministro degli Esteri, era competente, ma anche spiritoso, gioviale, ragazzino. Faceva divertire, non era noioso come questi qui. La prima cosa che ha fatto quando è andato all'estero è stato fare le corna al ministro spagnolo: e tutti a criticarlo... I comunisti! E allora, cosa c'è di male? Cosa ha fatto di così grave? Perché, voi non avete mai fatto le corna al vostro compagno di banco nella foto di classe della prima elementare?

E poi questi giornali di sinistra non hanno scritto che prima lo spagnolo aveva preso le balle a lui: "Fischia, fischia!".

E lui ha reagito, no? Non è mica un pacifista come voi.

Anche Aznar, quando lo ha visto tutto solo, depresso per via dell'inchiesta, gli ha detto: "Dài Silvio, non fare così. Vieni da me, ti invito al matrimonio di mia figlia, ti faccio fare il testimone".

E Berlusconi: "Sì, io lo faccio il testimone, ma chi è il Pubblico Ministero?".

Perché ormai ha paura di tutto quest'uomo. Povero Silvio! Ormai vede giudici dappertutto.

E poi l'avete visto: quando George chiamava, Silvio arrivava. Anzi, non c'era nemmeno bisogno che chiamasse, bastava che fischiasse: "Qui, Silvio!".

George fischiava e Silvio partiva. Immediatamente.

E lì ci faceva fare bella figura. Prendeva il suo aereo personale da Malpensa e partiva: in un attimo era lì. Invece Prodi... Che figure facciamo con 'sto Prodi. Per esempio, chiama George e lui parte dalla Malpensa con le valigie di cartone legate con lo spago, il porta-mortadella di cuoio... È chiaro che a uno così fregano sùbito le valigie. Le fanno sparire, perché la Malpensa è famosa, come lasci le valigie te le fanno sparire.

Gli americani hanno l'aereo invisibile, invece noi italiani alla Malpensa abbiamo le valigie invisibili, nel senso che se le lasci incustodite per un attimo, non le vedi più. Se le metti sul nastro trasportatore, peggio che peggio, non le vedi più.

La Malpensa è l'unico aeroporto al mondo in cui la gente non saluta quelli che partono, ma saluta le valigie!

"Addio, non ci vedremo più... Addio! Chissà dove andrai. Una valigia così bella, mi è costata l'ira di Silvio."

Che poi lui risolve anche i problemi. All'ultimo istante il direttore dell'aeroporto lo ha visto e gli ha detto: "Scusa Silvio, abbiamo un problema qui alla Malpensa. Potresti risolvercelo tu?".

"Al volo! Dimmi pure."

"L'aeroporto è troppo vicino alle case. Gli aerei che atterrano e decollano fanno volare via le tegole dai tetti. Come facciamo?"

Silvio ci ha pensato su e ha risolto il problema. A modo suo, ma lo ha risolto. Grandioso.

Adesso gli aerei che decollano continuano a far volare via le tegole, però quelli che atterrano le rimettono a posto... Non ci aveva mai pensato nessuno! C'è proprio uno di Forza Italia nel vano bagagli che ha il compito di metterle tutte a posto – tatatatatam!

Poi lo avete visto, quando è partito l'ultima volta per andare da George, ha fatto il discorso al Congresso in perfetto inglese: straordinario.

Silvio sa parlare un ottimo inglese.

Al Congresso erano andati via tutti, prima del suo intervento c'era l'aula semivuota. Come è salito sul palco sono rientrati tutti: "C'è Silvio! Dài, che ci divertiamo."

Non ha voluto neanche il traduttore. Si è presentato lì, non si è vergognato.

Si è schiarito la voce e ha esordito: "Please, where is the communist?".

"The communist is on the table."

"The communist is under the table."

"The communist is out the window."

"The communist is in my garden, in my house, in my car... The communist is everywhere!"

"The communist l'è casca' giò dal cadregun e s'è sbuccia' il genocc'. The communist s'è caga' adoss..."

Hanno applaudito tutti, anche se non hanno capito niente. Loro sono così, grandiosi.

Che poi Silvio è amico di George, ma Lui le cose le dice in faccia. Amicizia vuol dire onestà intellettuale. Sulla guerra in Iraq, per esempio, non ha avuto esitazioni: "George, mi dispiace, ma sulla guerra in Iraq ti devo dire la verità: sono assolutamente d'accordo con te. Fai quello che vuoi. Bombarda col fosforo, che fa bene anche alla memoria... Qualunque cosa decidi di fare, a me va sempre bene."

Vogliamo dire che da quando c'è Silvio è cambiata la considerazione che all'estero hanno di noi italiani?

Una volta ci ridevano dietro senza motivo, ora glielo abbiamo dato.

Quanti ne ho convinti? Solo tu? Ti devo cinquanta euro? Te ne do anche cento, anche a tua moglie.

Siete duri, eh?

Ma ho un argomento che non vi lascerà indifferenti. Voi siete comunisti. Siete comunisti, giusto? Allora siete anche drogati.

E biondi drogati. È un assioma. Non negate.

Quanti drogati ci sono in sala? Siete pregati di alzare le mani.

Così pochi? Perchè vi vergognate? Perché non volete ammetterlo?

"Sì, io mi drogo."

Non c'è niente di male. Lo ha confessato anche Fini: "Da giovane mi sono fatto uno spinellone in Giamaica".

Finalmente abbiamo capito a cosa serviva la fiamma nel simbolo di An: ad accendere lo spinello ai camerati!

L'ERBA DI PRODI

Pietro Lazzarini Photographer (BS)

Adesso vi do una notizia, sempre tratta dal programma dell'Unione.

Ma lo sapete cosa succederà adesso con Prodi? Prodi darà la marijuana gratis a tutti!

Sento che siete freddini su questo argomento. Forse pensate che ci sia un inghippo. Ve la dà, è vero che ve la dà. Ah, siete contenti? Prodi ve la dà gratis, ma siccome lui è un prete si vergogna e ha paura delle reazioni della Chiesa. Deve fare le cose di nascosto, ve la dà sottobanco.

È un ipocrita anche lui!

"Allora va bene, vi do la marijuana, ma solo per fini terapeutici, come antidolorifico."

Sì, perché è vero: dietro a questa simpatica pianticella c'è un potente antidolorifico naturale, che fa bene contro migliaia di malattie. Quindi lui ha autorizzato la distribuzione della marijuana, però come prodotto da banco in farmacia, dietro presentazione della ricetta medica, a carico del Servizio Socio-Sanitario nazionale. Però sapete in che forma ve la dà, visto che è un prodotto da banco? In supposta!

E questo cambia tutto l'aspetto conviviale e cerimoniale della cosa.

Vedo che cominciate a capire.

Immaginate la scena: un gruppo di amici nel dopocena, seduti in cerchio, poi arriva il compagno che ha organizzato la serata, il titolare della comune. "Avete mangiato bene?"

E tutti: "Sì, sì" con noncuranza.

Volete qualcosa di forte per chiudere la serata?

E tutti: "Sìììì!"

Questo apre l'armadietto dei medicinali, prende una supposta e la fa girare.

Cambia tutto! Metti che hai la sfortuna di essere l'ultimo del cerchio.

Te la passano, e tu come fai?

"No, grazie, io ho smesso... Ho le emorroidi!"

Marijuana della mutua, però è sempre marijuana.

E ci mette anche il ticket... un euro a ogni ricetta, così ripiana il deficit della Sanità in Lombardia.

Perché tutti i comunisti si precipiteranno dal dottore: "Scusi, mi fa passare avanti? Devo solo ritirare una ricetta".

"Ah, sì? Guardi che tutti dobbiamo solo ritirare una ricetta, guardi quanti siamo."

"Ma... è arrivato il dottore?"

"Come no, è chiuso nello studio da un'ora con un rappresentante farmaceutico. Stanno provando un nuovo prodotto antidolorifico. Non vede il fumo che esce dalla porta?"

"Scusate, compagni, siccome siamo tutti qui in cerchio in sala d'aspetto e io ho una forte emicrania... dà fastidio se mi fumo questo prodotto antidolorifico?"

Gli altri: "No, anzi... fai girare! Che questo ha la gastrite e quest'altro ha un'unghia incarnita: fai girare che fa bene a tutti!".

Attenzione, perché si inizia con un'unghia incarnita e si finisce con l'eroina!

Vai in farmacia con la tua ricetta e non ti devi vergognare di niente.

Parli al farmacista: "Mi dia venti scatole di preservativi, di tutti i tipi: ritardanti, stimolanti, espettoranti – per quando ho il catarro – e poi mi dia una scatola di supposte, confezione magnum".

"E poi mi dia..." (sbiascica qualcosa) "una scatola di ma..."

"Come dice? Scusi, mi faccia leggere la ricetta. Marijuana confezione famiglia da 48 pezzi per il signore... complimenti!"

"Sa, quando mangio tanto mi viene la bocca amara."

Quanti ne ho convinti con la marijuana?

Pochi pochi. Siete un osso duro, non me lo aspettavo. Ma ho un asso nella manica.

Voi siete comunisti, drogati e avete un'altra particolarità: siete sempre alla ricerca di emozioni forti, volete una vita spericolata.

Specialmente voi uomini, siete sempre a caccia di donne, con lo sguardo allupato. Ce l'avete sempre in testa, l'organo sessuale femminile.

Per voi il massimo della trasgressione è chiudervi in camera con il calendario di una velina. Io invece mi chiudo in camera con la velina in persona.

Risultato: siete dei segaioli di sinistra. Non ve la dà nessuna!

ORGASMO E PREGIUDIZIO

Pietro Lazzarini Photographer (BS)

Ho una buona notizia per tutti voi, segaioli di sinistra: Silvio vi dà una mano. Ma cosa avete capito? Ma non è che Silvio vi dà... Che schifo!

Silvio ve la dà, ma non lui: ve la fa dare. Abbiamo migliaia di veline e letterine per tutti.

Vogliamo parlare di me? Ve la butto sul personale.

Da quando difendo Silvio, grazie a Lui, mi è cambiata la vita sessuale. Sono pieno di donne. A dire il vero anche prima non avevo problemi perché, modestamente, sono un bel ragazzo!

Cosa sono queste risatine di scherno?

Va al contacomunisti

Facciamo così, visto che ridete di me: chi ride, chi mi prende in giro, è amico di Silvio.

Non volete credere che anche prima non avevo problemi perché sono un bel ragazzo? Allora sappiate che certe volte, al termine del mio spettacolo, le donne, le ex comuniste ed ex femministe convertite, mi raggiungono di là in camerino.

Mi è capitato anche qualche sera fa. Una signora si è fatta trovare davanti al camerino, si è aperta la camicetta e con lo sguardo tutto languido e provocante mi ha detto: "Antonio, Antonio, stasera sei stato bravissimo, ti faccio quello che vuoi".

Le ho fatto imbiancare il salotto di Arcore!

Con le femministe bisogna fare così, altrimenti ti fanno fare quello che vogliono loro, se ne approfittano. Basta un paio di calze nere e ti fanno fare quello che vogliono loro. Allora io mi metto il baby-doll e le mando a fare la revisione della macchina!

Adesso io non posso più andare in giro per Milano senza che queste ex comuniste, che vanno in giro a mandrie di venti-trenta, mi molestino. E non si limitano a chiedermi l'autografo. Mi molestano sessualmente!

Sono andato al cinema da solo a vedere un documentario sulla vita di Bondi – uno dei tanti orrori nati dal comunismo – e mi hanno accerchiato per toccarmi il culo. Ho dovuto chiamare la maschera e mandarle via.

Ai grandi magazzini sono entrato in camerino per provare un paio di pantaloni, e la commessa con il trapano ha fatto un buco per sbirciare dentro. Sì, perché adesso le ragazze vogliono vedermi le mutande.

Vogliono tutte il mio corpo. Questo ragazzo è di tutti: approfittatene!

Io sono il risultato di una selezione biologica. Duemila anni di selezione e questo è il risultato: gamba corta, culo basso. Se lo hanno fatto a qualcosa servirà.

Sento un'onda di disgusto che sale dalla platea... Be',

mi dispiace per voi comunisti in sala, che siete venuti qua stasera a sostenere il confronto con me. Io, quando faccio l'amore, devo mettere un cartello fuori dalla porta: "Attenzione! Organi sessuali in movimento. Non sostare nel raggio d'azione della macchina!".

Cosa sono queste risatine? Mi spiace per voi comunisti, ma le ragazze con me non fanno come fanno con voi: con voi fanno finta di godere.

Con me le ragazze non godono e non fanno nemmeno finta: "Ciccio, guarda che qui non ci siamo. Datti da fare!".

Come, "datti da fare"? Cosa devo fare? Sono tutto sudato!

"Come, te lo devo dire io? Bacia qua, tocca lì, ciuccia là..."

Ehi, calma non è mica un lavoro! Mica uno stress. Poi mi viene sonno, ho un calo degli zuccheri. Anzi, se fosse per me io sarei per il ritorno dell'ipocrisia in camera da letto. L'orgasmo recitato.

Ne ho conosciuta una che era proprio un'attrice. Metodo Stanislavskij.

Si muoveva e dimenava come una pazza. Si scompigliava i capelli, diventava tutta rossa, con gli occhi fuori dalle orbite, le si ingrossavano le vene sul collo. Sembrava Sgarbi alla Commissione cultura.

Ve la rifaccio un attimo per farvi capire:

Finge un orgasmo

Ah ah... avete tempo?
Ah ah... Sono bravo vero?

Stasera mi viene bene. Sarete voi che mi date l'energia. Mi sono formato su certi filmetti che vediamo io e Bondi.

Ah ah...

Com'era dopo? Mi va via la memoria!

Ah ah...

Se mettiamo due casse fuori dal teatro, riempiamo la sala. Magari la gente che passa dice: "Ma cosa fanno in teatro stasera? Non dovevano parlare di Silvio?".

Ah ah...Tutti insieme! Così entrano tutti a vedere.

Ah ah...

Ci sono bambini in sala? E perché non me l'avete detto prima?! L'infanzia va tutelata. Noi siamo contro l'educazione permissiva, mica come voi comunisti. Per i bambini in sala diciamo che sto facendo... ecco... cosa sto facendo? L'imitazione delle tartarughe ninja! Si incontrano, si salutano in giapponese, si inchinano... No, meglio se non si inchinano.

Ah ah...

Respirava col diaframma, come insegnano al corso. Fanno un corso apposta: un corso di orgasmo e subacqueo, insieme.

Ah ah...

Una ragazza una volta è venuta a letto con le pinne e il respiratore.

Ah ah...

Poi prendono le lenzuola, se le tirano verso di loro: tutto finto, come da manuale. Dita dei piedi all'insù... fingono meglio di Fassino.

Le signore in sala che ridono così tanto devono aver preso in giro il marito per anni.

Ah ah aaaahh...

Solo che io ero andato in cucina a bere un bicchiere di latte. Sono tornato e lei era ancora lì...

Ah Ah... Sì, ancora...

Scusa se ti interrompo, ma sono cinque minuti che io manco dall'amplesso.

E lei: "Scusami tanto, non mi sono accorta della differenza".

A me piace parlare durante il rapporto. Quelle paroline un po' volgarotte, che non dirò per rispetto del pubblico raffinato. Quelle cosine un po'... Le conoscerete, no? Quelle cosine un po'... A proposito, quali sono queste famose paroline, che io non le conosco?

Una ragazza insisteva: "Dimmi qualcosa!".

"Camion, autobus, pelle di daino." Non funzionava, non si eccitava.

Un'altra non voleva che io parlassi durante il rapporto sessuale. Diceva che la svegliavo.

Mi fate pena, mi fate pena, comunisti.

Vi do un consiglio: non date retta a questi sessuologi e psicologi di sinistra che vanno in televisione a dispensare consigli. Vi danno dei modelli impossibili da raggiungere, così voi non ci riuscite, diventate frustrati e andate in cura da loro. Lo fanno soltanto per avere un cliente in più, per fregarvi i soldi, ve lo dico io. La sessuologia e la psicologia sono scienze di sinistra, vi fregano!

Per esempio, questa storia che mettono in giro loro, di

avere l'orgasmo in simultanea col partner. Quella lì è la cosa più innaturale che c'è.

Almeno in camera da letto uno potrà fare quello che vuole. Ognuno ha i suoi tempi. Infatti io – perché lo decido io, lo voglio io – io godo subito, appena iniziato. Così non ci penso più.

La mia ragazza ha i suoi tempi: dopo di me, molto dopo, il giorno dopo... Con un altro!

Piange al contacomunisti

Quanti si sono convinti con questo argomento? Ma come, neanche uno?

Ma allora siete proprio dei culattoni comunisti! Neanche il sesso vi smuove!

LACRIME
DI COCCOSILVIO

Pietro Lazzarini Photographer (BS)

Vogliamo parlare di Silvio? Vogliamo dire la verità su Silvio?

Parliamo di Lui, allora.

Quando Silvio era sugli altari, tutti gli baciavano i piedi. Adesso che è nella polvere, gli danno tutti i calci. È giusto trattarlo così? Eh? Come sì!? Vergognatevi, siete proprio senza cuore. Mettetevi una mano sulla coscienza, se ce l'avete. Vi state comportando bene con lui? Da uomo a comunista. Quest'uomo qui ce l'ha messa tutta, e l'hanno lasciato tutti solo, anche quelli della sua Casa! La nave affonda e i Follini scappano. Ma io vi chiedo: è giusto? È facile criticare, adesso.

Silvio ce l'ha messa tutta per sistemare i problemi in Italia, però c'è un problema insormontabile: gli italiani. Siamo un brutto popolo, un popolo fatto male. Andiamo sempre in soccorso al vincitore, come diceva Montanelli. Quando andava tutto bene erano tutti ad adularlo, a leccargli i piedi.

Adesso sono spariti tutti.

Lui ce la mette tutta. Dovreste sostenerlo, incoraggiarlo, accarezzargli i capelli... Piano, però, altrimenti vengono via.

Dovreste trattarlo come fosse il figlio bisognoso di cure, che è rimasto indietro, che ha problemi a scuola: "Dài Silvio, non ti preoccupare. Non è che non capisci... sei tardo".

Invece lo hanno lasciato tutti solo: Fini, Follini, Casini. Tutti quelli che finiscono in "-ini" ce l'hanno con lui. Alle prime difficoltà lo hanno abbandonato. Anche Buttiglione l'ha lasciato solo. Che poi, quello fa rima con... Cornacchione, cosa avevate capito?

Lo hanno lasciato tutti solo, poverino, come Gesù nell'orto del Getsemani. Povero Silvio, poverino!

Silvio! Non farti vedere, non li abbiamo ancora convinti! Dammi ancora cinque minuti di tempo. Vedrai che ritornerai al governo, ci penso io. Facciamo un po' le vittime, vedrai che ci cascano ancora!

Grande Silvio, grazie!

Ma lo sapete o no che quest'uomo è un miliardario? Ultimamente si è comprato uno yacht nuovo, un tre alberi. Uno degli alberi, tra l'altro, è Fassino! Lo ha issato sulla barca per sostenere una vela.

Poteva starsene tranquillo sul suo yacht, a bere champagne e a giocare rincorrendo le veline. Tanto prima o poi le prendeva, sulla barca dove vuoi che andassero? Gira gira, sono sempre lì. Tu ti apposti dietro la cabina, gli salti addosso e te le ciucci come due cozze.

E invece è sceso in campo, e lo ha fatto per noi!

Lo ha fatto per noi, per l'Italia, e questo è il ringraziamento.

È sceso in campo con gli stivali di plastica e la faccia pure. È talmente generoso che con gli avanzi del lifting ha fatto fare un paio di scarpe a Bondi.

Ora Bondi ha un paio di scarpe con la pelle di Silvio.

Certe volte mi chiedo: ma Silvio, chi te lo ha fatto fare?

Eri così felice, pane e vin non ti mancava, l'insalata era nell'orto e una casa avevi tu! Anche più di una!

Ma chi te lo ha fatto fare? Chi te lo ha fatto fare?

Borrelli, probabilmente!

Questi giudici comunisti ce l'hanno sempre avuta con lui, fin da quando era piccolo. Infatti quando è nato non l'hanno iscritto all'anagrafe, ma direttamente sul libro degli indagati.

Invece lui era un bambino precoce, vedeva le cose prima degli altri. Era così precoce che il primo giorno di scuola c'è andato accompagnato dai figli.

A otto anni aveva già problemi alla prostata.

Povero Silvio.

Non lo hanno lasciato lavorare. Questi giudici non lo lasciavano mai in pace. Lo convocavano sempre in tribunale, per questo non è riuscito a mantenere le promesse.

Arrivava Pera e gli diceva: "Silvio, dobbiamo fare la riforma dello Stato?".

"Non posso, devo andare in tribunale!"

Maroni gli diceva: "Facciamo la riforma delle pensioni?".

"Non posso! Anche oggi in tribunale."

La moglie gli chiedeva: “Silvio, mi compri «la Repubblica»?”

“Magari! Scalfari non vende.”

Arrivava la Boccassini e gli diceva: “Silvio, ma quando vieni in tribunale? È da un po’ che non ti fai vedere”.

Una sera Silvio non è tornato a casa. La moglie si è insospettita: “Ma allora dove va quando esce di casa? La Boccassini l’ha chiamato e lui non c’era... Allora mi dice balle! Strano, non è da lui”.

Lei è andata nella sua cameretta, c’era il suo letto, vuoto. C’era il suo orsacchiotto preferito: Bondi. C’era un Bondi di pezza.

Allora si è preoccupata e ha fatto un giro di telefonate. Ha chiamato anche Bruno... Vespa.

“Scusa Bruno, ma è da te Silvio? Non è tornato a casa.”

“Sì, stai tranquilla, è qui con me. Gli ho dato un pennarello. È lì che disegna ponti, fiumi, strade, ferrovie... Sta facendo *Art Attack*! È così bravo, non fa niente di male.”

“Sì, ma non fa nemmeno niente di buono!”

La moglie ha deciso di farlo seguire da un detective privato: Tom Bondi.

E ha scoperto che andava in chiesa... A conoscere quelli che credono in lui!

Quelli che credono in Silvio sono i credenti, quelli che credono in Prodi sono i creduloni.

Sapete perché abbiamo perso le elezioni?

Siamo andati a votare la Domenica delle Palme. Cosa

erano costretti a benedire i parroci fuori dalle chiese? L'ulivo! È tutto un complotto dei cattocomunisti. E Silvio non è mica scemo, l'aveva sgamata.

Infatti aveva posto la questione al Pontefice. Per spostare la Pasqua.

Il Pontefice lo ha ricevuto in udienza, solo che hanno cominciato subito a litigare tra di loro. Non riuscivano a mettersi d'accordo. Uno voleva benedire l'altro!

"Ti benedico io."

"No, io."

Ne sono usciti perché uno è già Benedetto Sedicesimo... aveva la precedenza.

In cambio, Silvio gli ha chiesto i diritti d'autore sulla Bibbia: dice che l'ha scritta lui. Gli ha confidato che farà un nuovo lifting... alle mani, per togliere le stimmate.

Lo conoscete don Baget Bozzo, il prete di riferimento della Casa delle Libertà? Don Baget ha riscritto la Genesi. Secondo lui, il Padreterno ha fatto tutto quello che c'è sulla terra, il sole, la luna, le stelle... tranne Silvio, che si è fatto da solo. Silvio è apparso dal nulla come le verruche. Anche Rutelli è apparso dal nulla, ma ci è anche rimasto.

Comunque il Padreterno si è trovato Silvio davanti, all'improvviso, e si è anche spaventato: "Uè, porca miseria! Ma chi sei tu?".

"Tu chi sei? Da dove vieni fuori?"

"Io sono Silvio" già col doppiopetto "ma chi sei tu?"

"Io? Ma stai scherzando? Sono il Padreterno, il creatore del cielo e della terra. L'onnipotente!"

"Ah sì? Anche tu?"

Ha fatto una figura di merda anche in Paradiso!

Lì ha capito di averla fatta grossa e l'ha buttata sul ridere.

"Non male il Paradiso terrestre. Certo che rispetto a villa Certosa è un giardinetto della Comasina..."

Allora il Padreterno, per dargli un esempio della sua potenza, ha creato uno sgabello... purtroppo è venuto fuori Cossutta.

Silvio gli ha messo un braccio intorno alla spalla. Sono alti uguali.

Per forza: il Padreterno è fatto a immagine e somiglianza di Silvio.

E gli ha sussurrato: "Siccome sono qui da solo da un po', non mi potresti creare qualcuno con la quarta di reggiseno, che mi dia sempre ragione e mi dica sempre di sì?".

"Come no!"

E il Padreterno ha creato Giuliano Ferrara. Che sfiga, povero Silvio!

Eh, voi non lo sapete, ma quest'uomo ha rischiato la vita, quand'era al governo. Lui non lo vuole far sapere, non l'ha mai detto ai giornali perché è un tipo modesto, molto riservato, non dice mai niente dei fatti suoi. Ma una volta è stato rapito!

Era in giardino e lo hanno portato via. Sono state le Brigate per la liberazione dei nani da giardino. Hanno portato via lui e Mammolo.

La moglie era disperata: "No, non posso più vivere senza di lui, perché me lo avete portato via? Ridatemelo! Lo rivoglio indietro... Ridatemi Mammolo!".

Che poi voi non capite niente, siete comunisti. Lui è così buono... fa quasi tenerezza. Io non ho mai conosciuto un uomo così ligio all'autorità, così rispettoso delle leggi.

L'altro giorno si è presentato al Tribunale di Milano perché l'avevano convocato. Sembrava un contadino del Metaponto degli anni Quaranta: la camicia bianca abbottonata fino al collo, senza cravatta, il vestito di velluto blu con le toppe, gli stivali di gomma, il cappello in mano, un po' storto... Faceva tenerezza. Umile.

Zoppicava perché... era tornato dalla Confindustria.

Ha detto ai giudici gentilmente: "Scusate, posso spostare il processo da Milano a Brescia? Sono più comodo, trovo meglio parcheggio!".

E questi giudici per tutta risposta: "No! No! Eh no, carino! Il processo non si sposta, resta a Milano!".

Come dei cani rabbiosi, sapete come sono questi giudici comunisti. Che cattivi! Ma qual è il problema? Se è innocente a Brescia, è innocente anche a Milano. A meno che a Milano non ci siano dei giudici in malafede.

Lui non ha reagito, come al Parlamento Europeo quando è stato attaccato da Schulz, non ha fatto neanche una piega. Anche lì, lui non ha perso la pazienza e ha detto: "Be', se proprio non potete spostarlo a Brescia, spostatelo a Perugia. Così compro il cioccolato per i bambini: loro vanno matti per i Baci Perugina".

Che tenero! Io certe volete gli scrivo le frasi da mettere nei Baci. Tipo: "Se da Silvio vuoi un bacetto, vota il legittimo sospetto".

"Se mi ami vota la Cirami."

Ma i giudici, implacabili: "No, no!".

Poverino! Allora ha capito che non aveva più amici, non aveva più fan, vedeva la gente cadere giù...

Anche in Europa non lo volevano più, ce l'avevano con lui. Chirac, Schröder, Blair, facevano le riunioni, i summit, le feste e non lo invitavano.

Ci rimaneva male... che tenerezza. Aveva già preparato la ventiquattrore.

"Posso venire?"

E Gerhard: "NEIN!".

"Porto le paste."

Niente da fare.

"Porto Borghezio, quello lì della Lega, quello fa morire dal ridere... Con la devolution ha imparato l'inglese... sa fare lo spelling di *window* con i rutti!" Non è mica facile. Cosa doveva fare? È diventato l'amico del cuore di George. Silvio lo ha anche invitato ad Arcore: "George, George, vienimi a trovare! Vieni a festeggiare la rielezione... La tua".

Una volta Bush c'è anche andato, ma si è perso al casello di Castellanza: non riusciva più a venire fuori dalla Brianza. A Costa Masnaga si è guardato intorno: "Ma dove cazz I am ... But where are fuck you I am?".

I militari americani lo hanno anche cercato con il satellite spia, un satellite potentissimo in grado di individuare una forma di vita intelligente dallo spazio... E non l'hanno trovato!

Solo Bush capisce Silvio e si fida di lui. Lo ha anche ammesso: "Prima di prendere qualsiasi decisione mi consulto con Silvio. Tre anni fa, prima di attaccare, ho chiesto il permesso a Silvio".

Infatti erano al telefono e Bush ha chiesto: "Silvio, posso attaccare?".

E Silvio: "Sì, certo George, attacca!".

E Bush ha riattaccato...

Ma lo sapete che Silvio lavora diciotto ore al giorno?

Mica come voi, che non fate un cazzo dal mattino alla sera.

Stamattina lui era al Viminale... a contare le schede.

È andato con il suo autista appena assunto, che ha preso la patente da poco... Ha tamponato una macchina in sosta. E lui non è andato via come fareste voi comunisti disonesti per risparmiare sull'assicurazione. Lui è sceso e ha messo sul parabrezza un biglietto con il numero di targa... Era la targa di Fassino. Ora a Fassino è aumentata l'assicurazione della Panda.

Silvio lavora così tanto che non mangia più a orari regolari, salta i pasti per lavorare. Gli è venuto l'intestino pigro... Certe volte Silvio si sveglia alle sei e l'intestino resta ancora due ore a letto. Altre volte succede il contrario. Silvio si alza alle otto e l'intestino è già in giro da due ore che spara stronzate.

Ma lo sapete o no che questo è un miliardario? Poteva passare il tempo guardando il Milan giocare in casa... Ma proprio in casa sua, in giardino.

Kakà che palleggia, Pirlo che colpisce di testa, Gattuso che scava buche nella terra... (L'estate scorsa ho detto questa battuta a Cosenza, e non sapevo che Gattuso fosse di

Cosenza. C'erano anche le sorelle in sala, e sono peggio del fratello! Si sono offese proprio.)

Una notte Silvio ha lasciato il cancello aperto e gli è scappato Gattuso. È rimasto fuori tutta la notte. Quando è tornato, la mattina, aveva qualcosa in bocca e l'ha sotterrato in giardino. Per fortuna Silvio se ne è accorto, poverino: erano i voti che mancavano alle elezioni, fatti sparire dalla sinistra!

Silvio a Pasqua è stato costretto ad andare in Iraq. È partito dalla Sardegna, quattro ore ed era già in Iraq. Non ha trovato nessuno in giro: per forza, ha fatto una partenza intelligente. È partito due mesi prima delle elezioni... più intelligente di così!

Fede si è lamentato perché non era stato avvisato. Ma se la partenza era intelligente, lui cosa c'entrava? (Non doveva essere avvisato.)

Al ritorno ha promesso la grazia a Sofri e Pannella ha interrotto lo sciopero della sete: praticamente se l'è bevuta...

Comunque vedo che qualcosa si è smosso tra di voi, avete capito le ragioni di Silvio. Quanti ne ho convinti? Dài, alzatevi, che andiamo tutti a casa.

Allora! Ma siete duri, eh? Io non ho più argomenti, a questo punto cosa devo fare? Dài, per piacere, dài...

Non mi è mai successa una cosa del genere, di solito si alzano tutti.

Siete veramente dei comunisti, non me l'aspettavo!

Ma cosa avete al posto del cuore? La falce e il martello?

Ma cosa devo fare di più? Volete che io mi sacrifichi per Silvio?

Come sì?!

Volete veramente vedere che sono un missionario e non un mercenario, che non lo faccio per i soldi? Volete vedere a che punto arriva il mio amore? Guardate che io lo faccio, io mi sacrifico per Silvio.

Accetto la sfida... Se volete sangue, sangue sia. L'avete voluto voi. Io mi ammazzo, però poi tutti i comunisti devono passare tra gli amici di Silvio!

GUARDA COME RANTOLO

Massimo Achilli (Orvieto)

Basta commedia, è l'ora della tragedia.

Forza, veloce, con che cosa mi uccido? Decidete voi l'arma. Una cosa dignitosa.

Con le bretelle? Eh, ma si sono rotte...

Scegliete l'arma... forza!!

Giusto! Con la falce e il martello, coi vostri simboli. Perché questi non sono simboli di progresso sociale, dell'onesto e laborioso lavoro del contadino e dell'operaio. Sono simboli di morte, sangue, gulag, oppressione, dittatura, repressione, processi senza motivo, dittature, purghe staliniste, fucilazioni in massa di contadini inermi, sterminio e genocidio...

Ma che diavolo avete combinato con una semplice falce e un martello? Ma se vi davano un mitra facevate una strage, l'apocalisse!

Gli cade il martello sul piede

Martello comunista! Vai là, meglio, così mi ammazzo

con la falce! Adesso vi faccio vedere come muore un amico di Silvio. Io non ho paura di nulla. Sono disinteressato, non un mercenario.

Conto fino a tre poi mi ammazzo: un colpo secco qui al cuore. Io il cuore ce l'ho a destra!

Uno, due... Tre!

Ferma il colpo facendo il gesto dell'ombrello

Ecco la sinistra che ferma la destra! Sempre così, la destra interventista e la sinistra pacifista. Io me la taglierei questa sinistra, non serve a niente.

Fallo tu, mano sinistra, vediamo se ce la fai. Certo che ci sarà del sangue... E io alla vista del sangue mi impressiono, specialmente se è il mio.

Il castrato di Silvio. Chiudo gli occhi, così non vedo. Ma se sbaglio il colpo? Rimango in agonia? Come faccio? Giusto: fatelo voi. Vi do un'occasione unica, visto che avete urlato e schiamazzato fino adesso, giacobini comunisti, assetati di sangue.

Vi do una possibilità, a voi che siete l'uomo massa e non avete un'identità, ve ne do una io. Chi se la sente? Chi viene qui e mi ammazza? A chi piace la bistecca al sangue? Allora vieni tu! Te la senti?

Ah, te la senti... Va bene, vieni su! Intanto ti sei alzato e ne hai fatti alzare altri cinque.

Va verso il contacomunisti e aggiorna il numero degli amici di Silvio

Come ti chiami?

«Pasquale.»

Che lavoro fai?

«Operaio.»

L'uperàri? Laùri la ghisa per pochi denari?

Sei comunista? Sì? Bene, hai proprio una bella faccia da boia, con quei baffi alla Stalin! Sei proprio tu. Chissà quanti ne hai ammazzati!

Allora, ascoltami bene, tu mi devi ammazzare. Sei esperto, la persona giusta al momento giusto. L'unica cosa che ti chiedo è di darmi un colpo deciso qui a destra. Non farmi soffrire.

Sei qui da solo? Con tua moglie? Chi è la moglie? Signora, è a posto quest'uomo?

Non mi sembra normale. È in cura presso qualche clinica? Di notte va in giro in mutande con un coltello? Ha preso il Tavor stasera? Non mi faccia spaventare! È normale? Ma... a me non sembra normale neanche lei!

Ti consegno la falce. Attento che è vera! Non è per finta, questa fa male, quindi Pasquale stai attento, che ci facciamo male...

Puoi testimoniare a tutti che è vera? Dillo a tutti.

«Sì, è vera.»

Ammazza? Ammazza? E allora ridammela!

Picchia per terra per far vedere che è vera.

La falce si conficca nel legno del palcoscenico

Ma non sul palco! Non così forte. Sei pazzo? Hai rovinato il palcoscenico del teatro. Chi credi di essere, Mago Merlino con *La falce nella roccia*? Sei pazzo proprio! Pasquale, tu non sei collaudato.

Senti, non aver paura: dal punto di vista penale non rischi nulla. Non mettono in galera Previti, figurati se ci vai tu! Prepariamoci: io mi metto la fascia come il cacciatore. Quanto mi piace fare il condannato a morte.

Allora, al tre mi devi ammazzare. Io mi metto qui in ginocchio. Non mi devi sgozzare, talebano di un comunista! Io conto fino al tre: all'uno non fai nulla... Mi raccomando, non prendere iniziative. Non pensare a nulla. Pensa a Fassino, che è la stessa cosa! Al due alzi la falce. Io e te facciamo un sorriso rivolti a questo pubblico di comunisti, perché sicuramente loro faranno delle fotografie dell'esecuzione, da guardare a casa con gli amici, dopo cena, o da mostrare ai bambini a Natale. Sai come sono i comunisti!

Al tre sferri il colpo, un colpo secco qui al cuore, a destra. Va bene?

Uno, due... Sorridiamo, sorridiamo! Scusa se ti do un consiglio... Ma, vedi, tieni male il polso. Devi tenerlo diritto, non piegarlo così, altrimenti sbagli il colpo. Ma tu non sei normale. Vai via! Tutti uguali questi comunisti... Ammazzarne uno non sono capaci: o genocidio o niente.

Dovrò fare tutto io, come Silvio che è costretto a fare tutto da solo. Se Silvio non va alla montagna... Faccio da solo, mi ci butto contro: al tre il mio petto sarà squassato da una lama.

Per Silviooo!

Esce e rientra barcollando

Sarete contenti adesso! Io muoio e voi ridete, comunisti! Volete girare il coltello nella piaga? Il mio sangue ricadrà su di voi.

Credevate che non l'avrebbi fatto, e invece lo fessi.
Cosa c'è? Sto morendo, volete che azzecchi i congiuntivi?

Sento un dolore alle viscere... Strano, perché ho il coltello nel cuore. Sarà la fagiolata di ieri.
Vi vedo lontani, vi vedo male, confusi, come avvolti nella nebbia... Vi vedo come Sky senza il decoder.
Muoio senza aver avuto risposta alla domanda: ma che cazzo è il digitale terrestre?
Silvio! Padre! Dove sei? Perché mi hai abbandonato... In mezzo a questi zulù? Perché devo morire? Mandaci Bondi la prossima volta, o Schifani. Io non ci vengo più. Ma sia fatta la tua volontà!

Si rivolge al ritratto di Marx

Dove sei? Non ti vedo... No, non mi hai lasciato solo, sento la tua presenza, sei qui vicino a me. Ti riconosco, con la barba ma sei tu.

A Lenin

E qui sei giovane, con il pelatino, qualche anno fa.

A Stalin

E qui sei sempre tu, con la ricrescita.

Vede Prodi e vomita

Aaargh! Un incubo. Anche durante l'agonia... Mi è apparsa l'immagine di Prodi.

Sto per andarmene, muoio, mi mancano pochi istanti di vita... Ma sono felice. La mia morte non sarà vana, sarà servita a qualcosa. La mia missione è compiuta: alzatevi!

Ma come, neanche davanti alla morte riuscite a mantenere la parola data?

Siete proprio comunisti!

Barcolla in scena

Ecco, vedo tutta la vita, mi passa davanti agli occhi come un film... Ma è la vita di Silvio! Vedo i suoi cinque anni di governo, i momenti più importanti per Silvio: quando ha scacciato i giudici dal foro, quando ha camminato sulle acque della costa Smeralda... Il matrimonio della figlia di Aznar, dove con una barzelletta Silvio ha trasformato il vino in aceto... Era una cagata pazzesca.

E qui... L'ultimo quadro Silvio, il più importante... Perché sarà quello che avverrà in futuro: Silvio all'irto colle del Quirinale resuscitando sale e sotto il suo calzare urla... Prodi. Non fa rima, ma va bene così, è bello lo stesso. Perché il programma politico di Silvio è questo: vuole diventare presidente della Repubblica dopo Napolitano. Sette anni di Silvio. Mi chiedo chi è che ha rotto uno specchio così grande per avere sette anni di Silvio.

Non voglio morire, non voglio. Ho paura! Non voglio! No!

L'ultimo desiderio... Muoio, ma voglio morire come morirebbe Silvio, col riportino, con la ricrescita...

Addio! Muoio... Ho tutta la bocca piena di sangue: o muoio o ho la piorrea.

L'ultimo rantolo... Sta per arrivare la mia morte, che voi tanto desiderate. Chiudete gli occhi e le orecchie ai bambini, perché non sarà un bello spettacolo.

Ah... Ah ah ah! Lo so, ho un'agonia simile all'orgasmo. Del resto l'orgasmo è una piccola morte, lo dicono gli psicologi.

ALEM SALEM APPAP... Ma che cazzo ho detto?

Sto esalando l'ultimo respiro... No, dimenticavo: ho un ultimo messaggio per Bondi. Ditegli che è finito il detersivo per i piatti.

Muoio!

MIRACOLO DA ARCORE

Massimo Achilli (Orvieto)

Sono ancora vivo!

Miracolo! Sono ancora vivo! Silvio mi ha salvato. Mi ha ridato la vita.

Non sento più nulla, non sento più dolore. Guardate!

Grazie Silvio! Mi hai ridato la vita.

Ero sordo e mi hai ridato l'udito.

Ero cieco e mi hai ridato la vista.

Ero assetato di giustizia e mi hai giustiziato.

Ero stanco e mi hai dato il Tg4.

Grazie Silvio! Fratelli, sorelle, siamo tutti qui riuniti questa sera per ringraziare Silvio del suo amore. Silvio vi ama. Aprite i vostri occhi e i vostri cuori, aprite le vostre case e fatelo entrare, fate entrare un raggio di Silvio nelle vostre case. Ricambiate il suo amore. Lui vorrebbe vuole solo questo: che voi lo amaste come Lui foste... Amatelo, insomma, vorrebbe che voi lo foste... Insomma, amatelo!!

Perché Silvio può fare molto per voi. Può darvi la felicità. Silvio toglie ogni male, toglie il malocchio, toglie anche le tasse... Ma solo se avete fede.

E lui può fare molto per voi. Dovete avere fede in Silvio... come Silvio ha Fede.

Io so che tra di voi ci sono persone che soffrono... che sono malate.

È inutile che vi tocchiate. Sento un'energia negativa che arriva da lì, dalla platea. Quel signore laggiù è molto malato. Ha l'herpes genitale infettivo, può attaccarlo a tutti. Ma se noi preghiamo Silvio lo guarirà. Tutti insieme: "Silvio, pensaci tu!".

Quell'uomo è guarito! Grazie Silvio.

Quell'altro ha la bronchite. Ha tossito tutta la sera. Rompiballe!! Preghiamo: "Silvio, pensaci tu!".

È guarito anche lui! Grazie Silvio. Non ha più la bronchite, ora ha la polmonite.

Quel signore in prima fila ha il cagotto. Preghiamo: "Silvio, pensaci tu!".

È guarito. Ora il cagotto ce l'ha Silvio. Grazie Silvio.

Quel signore ha un evidente conflitto di interessi... Preghiamo perché rimanga sempre così.

Quella donna è frigida. Ci penso io, non scomodiamo Silvio.

E Prodi ha il male del secolo: è comunista! Ma se noi vogliamo, Silvio lo guarirà.

Prodi è guarito! Non è più comunista, non è più presidente del Consiglio.

Grazie Silvio. Lo ha fatto per noi. E allora preghiamo, tutti insieme, e cantiamo "Lo ha fatto per noi":

Il falso in bilancio – lo ha fatto per noi!

La grande coalizione e la proposta – lo ha fatto per noi!

Meno tasse a Mediaset – lo ha fatto per noi!

Il conflitto d'interessi – lo ha fatto per noi!
Il vulcano a villa Certosa – lo ha fatto per noi!
Ferrara, Sgarbi, Schifani – lo ha fatto per noi!
La violenza al G8 – lo ha fatto per noi!
La guerra in Iraq – lo ha fatto per noi!
Lo ha fatto per noi! Grazie!

Cantiamo! Balliamo! Grazie. Io sarei per la standing ovation. Grande serata!

Ma ci sono stati dei problemi tecnici, anche se voi non ve ne siete accorti. Facciamo la figura dell'oratorio. Scenografia da quattro soldi. Doveva esserci un incredibile colpo di scena che non riesce mai. Qui sono tutti comunisti, non hanno voglia di fare nulla.

Allora, signor tecnico, cosa facciamo? Lo metto a posto io? Va bene, dammi il martello.

Abbiamo dei problemi tecnici, ma lo spettacolo è finito. Scusate, ma devo fare dei lavori. Voi se volete andate via. Perché non vi muovete? Andate a casa! Si vede che non siete mai stati in un teatro. Quando si accendono le luci, lo spettacolo è finito... Ce l'avete una casa o state in un centro sociale? Dovete andare via, drogati!

Lo spettacolo è finito.

Va bene, allora vado via io. Visto che siete comunisti, rimanete pure a guardare i vostri idoli tutta la notte. Basta, fammi andare via.

Molti mi dicono: "Stai attento, perché se Silvio sparisce sei rovinato".

Va bene, se Silvio va via io sono rovinato. Ma se torna siete rovinati voi!

Ognuno si faccia i suoi di interessi, non pensate troppo a me.

Poi, veramente, lasciate fare a questi qui della sinistra.

Bersani... Avete visto? È andato al governo, ha fatto un casino, si è inimicato tutti. Lasciate fare a gente come Bersani, che non ha mai capito un accidente.

Perché in Italia per mantenere il potere uno non deve governare, deve far finta, non deve fare niente. In realtà meno fai e meglio è... Questo è il segreto.

Bersani invece si è preso sul serio. Lui è arrivato, faccio, sistemo... ma cosa fai? Non bisogna fare niente.

Ti devi fare gli affari tuoi.

Per questo Silvio è restato cinque anni, perché si è fatto gli affari suoi!

Il pubblico si alza, esce. Lui rientra in scena e corre verso il contacomunisti.

Ma vaaai!! Anche stasera ce l'abbiamo fatta! Grazie Silvio, li abbiamo fregati anche stavolta!

BIS

Mauro Frascatore – AGIV (SP)

Vorrei raccontarvi un aneddoto su Hitler.

Come saprete, il grande dittatore da giovane voleva fare l'artista. Per fortuna non il comico, altrimenti avrebbe squalificato la categoria, bensì il pittore. A Vienna si dilettava a dipingere acquerelli. Andava con un suo amico la domenica mattina e faceva degli scorci della città molto romantici. Guardando questi acquerelli mai avreste detto che sarebbe diventato il peggior dittatore sanguinario che sia mai esistito. Ma questo amico con cui si accompagnava era molto più bravo di lui, diplomato all'accademia, e per questo lo prendeva in giro tra le risate degli altri.

Sapete così come si fa a vent'anni: ci si deride a vicenda, ma di solito sono prese in giro molto innocenti... Come quelle dell'amico di Adolfo, che lo insultava, ma solo per divertirsi: "Non sei capace. L'acquerello va steso così... Non sei un pittore, sei proprio un imbianchino! Cosa fai adesso, gli dai la seconda mano? Ti do un consiglio: lascia perdere perché non sei capace. Cambia mestiere!".

Purtroppo Hitler gli dà retta.

Si trasferisce a Monaco, si butta in politica, sotto i fumi della birra comincia a fare i suoi discorsi da pazzo. La gente gli dà retta e in pochi anni diventa cancelliere della Germania. Quindi, dopo meno di quindici anni dalla sua partenza, ritorna a Vienna... ma non da solo, con tutta la Wehrmacht dietro, per annettersi l'Austria!

Qui il colpo di scena: si ricorda del suo amico pittore che anni prima lo prendeva in giro, lo fa cercare dalle SS, lo trova e lo fa fucilare.

Incredibile... questo aneddoto vero mi ha fatto tremare di paura. Il nostro destino è legato al caso. Io a vent'anni prendo in giro un amico insignificante, che a vederlo non gli dai due lire, questo parte, diventa il più terrificante dittatore che sia mai esistito, dopo vent'anni torna a casa... mi fa cercare dalle SS e mi fa fucilare... il massimo della sfortuna!

Lo dico anche a voi: state attenti a quello che dite, perché non sapete con chi parlate.

State attenti!!

Come se faccio una crociera, conosco uno che canta in francese, coi tacchi alti e il riportino, e mi metto a prenderlo in giro: "Come ti chiami?".

"Silvio."

"Ah, ah, Silvio... Mi fai morire dal ridere! Non sei capace, non sarai mai un cantante. Sbagli la tonalità. Ti do un consiglio: cambia mestiere!"

Silvio mi dà retta... Comincia a fare i suoi discorsi in televisione, la gente gli dà retta, dopo soli vent'anni diventa presidente del Consiglio... Mi fa cercare da Mike Bongiorno e mi mette tutto il giorno a girare la ruota della fortuna!! Che disgrazia!

Indice

Finito di stampare nel mese di novembre 2006
presso Grafica Veneta S.p.A. - Via Padova, 2 - Trebaseleghe (PD)

Printed in Italy

Q0 0195368521
S 00021028
SIA LODATO
SILVIO
CORNACCHIONE
ANTONIO
RIZZOLI
MILANO